廖咸浩◎著

# 目次

若即若離——《迷蝶》序／楊牧 007

關於無法說清的（自序） 013

I 夏日的船形帽——青春彷彿

夢中樹林 017

鐵剪刀記事 020

天車翻覆的那一天 022

目睹祕教的儀式 025

中山北路，一條真實的不存在的街 028

去年今日此巷中 033

The Hypochondriac 039

隴西堂尋愛未遇 042

來自鄂爾多斯彼邊港 045

夏日的船形帽 049

迷戀戲子 052

燃燒中的海灘 055

驚呼臘葉 058

遠征軍 062

## II 航向加德滿都——異國飄忽

她假裝是人類 067
在無人的海岸 072
暴風雨後，夜半聞笛 077
那本被借走的不知名的書 083
博多夜船 088
地下鐵永不出城 093
愛，總在別處 101
朵爾希內亞、子爵與金髮美女 107
聽見孔雀夜啼而出門遠行 114
S的日本情人 119
忘記夏天的信物 125
航向加德滿都 130
夜宿卡拿托倫港 137

## III 薰衣草之路——今日驀然

唯一的光 141

江南古鎮　144
看不到海Blues　146
春雨遲疑　149
你喜歡的與你期許的溫情主義　151
薰衣草之路　153
巴哈與清水祖師　156
同學會　159
忘記中國　162
你知道你姓星川　165
鄉音未改　168
虛擬北埔　171
域外檳榔記　174
憂傷少年之歌　177
Why　181

## IV 假如你要到聖多明哥去——逆旅未竟

青春舞場與黃色泳衣　187
失眠多夢之石　189

夜半的水晶船　192
昨日的玫瑰　195
關於流星的誤會　199
突然，冬天　202
重遊馬倫巴　205
假如你要到聖多明哥去　208
遇見百分之百的自己　212
迷蝶　215
擱淺的畫舫　218
離開一座城市　221
一個乾淨明亮的地方　224
今天，沒有緣由　227
河岸留言——二十年後　230

# 若即若離
## ——《迷蝶》序

楊牧

不知道那一年暑假，但確定並不很久以前，就在你開始覺察到你已經自過分的好奇——對文體，政治理論，以及，甚至，鄉野裡各種作物收成的時間前後次序等——逐漸冷漠下來的時候，偶然在緩緩退去的大鍵琴的樂聲，在那彷彿完全被大寂靜包圍的濕度裡，聽到有人重覆這樣一個富有表情的語氣，啊「我的淡水」，接著就知性地分析著，關於獨佔，私密，修辭與情緒。本來是如此溫馨的表述，如童年的回憶穿過人叢單獨對你顯示，卻轉變爲一樣的冷漠，甚至包括揶揄。而你覺得最奇怪的是，你好像迫不及待就想僭有那近乎悲愴的感覺，你們的，他們的，逝去的和未來的，再無心情追問鐘爲誰響，但我們知道河水始終那樣流著，向北。

河水向北流。淡水河那樣現實地，象徵地流著，當你們倚靠車窗望它，浮波蕩漾無窮變幻的光影，山形在水底搖動，雲霞前後簇擁。那是過往的歲月。

那是你們去過的地方。縱使流水在現實節慶的鎖吶，大銅鑼與鐃鈸呼應壓過巴哈的一刻已經變成一個後現代，值得憐憫的地方，當我們再訪它於現代；若是它保留在記憶裡，在過去，劃定爲我們曾經去過的一個地方，一個存在的，不太精確的形象，好像清晨天將快亮時靠著枕頭回想剛才醒轉的夢，若有若無，而終於幾乎都融化了，剩下一點透明的痕跡。我們隱約看到北台灣某些小城鎮在海風裡瑟瑟抖動，像開始變得有些舊了的影帶，礦山的台車，燃燒的海灘，記憶中浮沉的鷹隼，甚至偏離海岸看到沿新北投鐵路支線的眷村，或者就在淡水發的車上坐著，經過中山北路，淺淺的意識——本來只是爲那空間變化的速度感到驚奇，等到現在執筆檢驗的時候，不免就想到赫塞或紀德，「關於夢的堆砌，」你回顧：對於成長有諸多不滿。台北。就在這刹那間，完全理性的廖咸浩內省，篤定思索，找到一個關注的焦點，可以解釋爲甚麼那個他現實去過的地方（或至少是路過了），彷彿並未曾去過，「猶然是夢的邊緣」，除非你容許它以道德評斷的姿態呈現：

正如盧梭當年第一次來到巴黎時，他走的某一條街給他留下了甚為不快的經驗，竟成了永遠無法磨滅的巴黎印象。中山北路於你亦是如此，只不過最初的經驗是愉悅的。她是那麼的讓你意識到，你到了台北。

現實的中山北路被轉化爲「極不眞實的道路」，反而凸顯了她：「愈覺得她眞實得無法定論……但卻又在你記憶中發出幽光，分明已成了你夢的核心。」無論虛實，你不如全盤收下。廖咸浩說：台北轉變，不再是昔日你的夢中之城，卻又更像造夢的城市。

這或許就是你們常讀赫塞或紀德的年紀，「對於成長有諸多的不滿」吧。

但這些都不是最難，還不至於教我們進退維谷。簡單地說，我們另外擁有更多組合的虛妄與眞實，在地球的每一個面向，或者浸在黑暗的水勢裡，或者仰天曝曬，藏在錯誤的經緯指標上，不對稱的星圖。那無窮的組合在我們的胸臆，腦海，也就是說，都在我們最深奧，神秘的想像，在我們的夢裡。

例如當你們通過一個無人的海岸，困頓的旅程，似乎。或者以支那人的身分在東京出現，且談詩，感性地以和風的句法互相詰問：似乎旅行外出的目的並不是爲了去觀察古代的文物怎樣保存，城鄉市民怎樣生活，適應現代，反而好像只是爲了記下一些喜悅的，靦腆的，和懊惱的事，等平靜的時候將它一一串結起來，或許也構成一篇小說的基調。到底誰是小說的創作者？而這一切所可能給我們的啓示卻如此模糊。我們追求或者造夢，難道也是爲了將文字經營完整而已？但我們不能停止追求，縱使我們中斷了將文字經營完整的野心。廖咸浩用很多筆墨渲染，暗示，回憶並且在回憶中將過往的時地和事加以整理，增刪修補，潤飾，在實際工作過程中闡揚一種很冷靜力行的道理，和信念。但無可諱言，他對未知的好奇，對追求未知使它能在意志的壓迫下現形並給出意義，更加熱衷。而且愛，他相信，總在別處：

湖上因著淡淡的月色，有輕微的反光。反而更看不清湖邊成群的水鳥。但惱人的啼叫卻一分鐘也難得稍歇。我的眼光不能自已的就著月色，往湖的盡頭望去，遠處最終仍是不可知的黑暗。

這時我並沒有放棄的打算。文字從下處跌宕升起，銜啣剛才放縱前行猶未消逝的餘韻：

未可知的遠方，似乎讓人終能喘息，但喘息之後，卻可能有更強烈的，屬於人類的愛情／愛欲等著捕捉你。因為，只有在不可知的遠方，當一切現實的殘敗與無味都隨未知消失的時候，愛情才有可能存在。

這樣尋到一個管窺的儀器，伽里略的遠望鏡，我們就發現，遠方，未可知的遠方是不可或缺的；在那遼敻迥異的地球上或地球以外的一點，有一個未可知的遠方正召喚著你，去將它個人化且加以可知化，使用思考和想像力，去找到愛。

於是，我們就確定看到廖咸浩在我們的遠望鏡裡，正熱切地使用他的遠望鏡在觀察著，或者也維持一種介乎學院的和波希米亞的神色，將他看到的片段點滴重組爲具有敘事層次的線與面。廖咸浩宣稱他去過馬倫巴，不但去過，而且不只去過一次。他曾經重遊馬倫巴。

馬倫巴，我們共同的隱喻，在一段長久持續的夢幻經驗裡它固定地，無情地存在那裡，無論我們如何流浪或固守在什麼地方。馬倫巴沉靜地閃光，移動，翻轉，分裂，重塑，在我們不約而同的追求路線的終端，彷彿就在隨時可以到達的地方，指尖即將觸及的一點，然而它又是不時撤離著的，永遠和我們保持著空虛的距離。但「這一切都再熟悉不過了，」經過一條街的鐘錶店右轉，上坡，到那水晶飾品街前左轉，切斯洛瓦斯基街十七號。抵達時已經黃昏。若是你選擇的道路無誤，時間正是黃昏，你順利進入那未知的已知世界的機率大增，在鏡子多面向光影的曲折反射裡，「那些似曾相識的異地，在過去與未來之間的模糊地帶。」你手持另外一面質樸無華的鏡子，側過來照它：

我對著粼粼的水光靠北邊靠好
尋潮濕的石梯上岸，記憶裡
好像來過，空氣飄著熟悉的
花香和羊酪酥餅的味道，或許
前生走避紅軍緝捕曾經來過

曾經去過的是Khabarovsk，烏蘇里江和黑龍江大水默默會合的所在，我前生逃亡路程的最後一站。曾經去過的是馬倫巴，操法語朗朗訴說著什麼事件，前因後果似乎很清楚，又是如此無可無不可地破碎，晦澀。曾經去過的是馬倫巴，販賣迷惱逃的吉普賽人，交易鑽石的哈西迪教派信徒，疏落的猶太區。原來是不可思議的捷克。原來她是迷那陀的姐姐，或妹妹；無論如何都是迷那陀的至親。你擁抱她，稍縱即逝，不知是否眞的發生過。

廖咸浩的敘事世界若即若離，帶著維琴尼亞·吳爾芙式的縹幻的悵惘，「讓你更難以確認看到的必然是她，」然而，他說：「你已到了那裡，即將永遠失落自己。」

二〇〇三年三月　南港

# 【自序】關於無法說清的

你有一篇散文是這樣結束的：

你最後並沒有成為一個作家，而是剪短了長髮、嚴肅起面容進了大學教書。但是，在平靜的日本海上悄悄亮著燈的「博多夜船」並沒有隨著時間消失。那個關於夜船與命運的謎樣問題，你確實仍迄今仍在試圖解答。

在你寫那篇文字的時候，關於博多夜船，你確實仍以生命與之博奕，試圖求一甚解。但關於「剪短了長髮、嚴肅起面容進了大學教書」這件事，在寫這篇文字之前，卻是已成定局般的命數。所謂命數是對於文字的浪漫畢竟遺忘這件事。

但有一天，寫著論文，你突然恐慌起來。

你意識到自己似乎已經忘記文字曾經給過你喜悅。寫作時你只想著要把事情說清楚，而忘了除了說清楚，還有說不清楚，或無法說清楚的必要。那個時刻，你腦中浮現的是那隻在駛往淡水的火車車廂中困頓的蝶。她闖進了火車，而竟忘記了車外斜陽中的迷離的光線及幻化的花田。之後，你仍如常繼續寫作論文，但沒有忘記題曰「迷蝶」，且試圖在論述文字中尋找那迷離幻化的宮闕。那是你最初的迷蝶時代。

但那畢竟是不夠的。你要的是更廣大的迷宮。這時候，迷蝶就不只是先前的迷路，更是蜿蜒迷走；不只行走，並且駐留堆砌，直到所有你想說清楚的，都因你說得愈發曲折而如夢的結晶般清澈但四處折射。那樣的人生迷宮距完成尚遠。

但已有了這本書。

二〇〇三年三月於台北溫州街

# I

## 夏日的船形帽

青春彷彿

# 夢中樹林

大學的第一個暑假的某一個下午，你們在北投山上的小徑迂迴走了半晌，似乎迷路了。往前再爬上一個坡，迎面竟是一座焚燒過的樹林，一大片半白半黑的枝幹在接近黃昏的陽光中，像是一場會議在散會後仍在沉默中進行。你們在不知不覺中拉起了手，半晌沒有移動，努力想理解這片景象或是不願驚動會議中的枯樹群似的。

樹林在平時給你的感覺雖是有生命的，但你並不會太注意它們。唯有在這種時刻，你才意識到它們已經逝去的生命。尤其在四下闃靜的山野中，那些被雷擊了或放火燒過的樹林，特別容易讓人感覺到它們已然脫離軀體但又不忍離去的魂魄。

彷彿在風中聽到什麼低沉的聲音……

這樣飽滿著不知名的意義的沉默，日後你在看何索的《生命的意象》那部影片時，再一次的深切體驗到。片中的男主角是名瀕臨瘋狂的德軍士兵。他因病被派到希臘擔任較無壓力的工作，但希臘燠熱的南歐天候與觸目皆是的殘跡與廢墟，反倒使他的幻覺日益妄誕起來。一日他在巡邏時爬上一個山頭，突然眼前的原野上出現了一大片風車，他一時慌了手腳，立刻舉槍四處不斷瞄準，彷彿每一個風車都是一個巨人……

風車之所以爲巨人，是在士兵不經意的情況下突然變成了巨人。然而會不會是它們本來就是巨人，在日常的情況下，竟被當做了風車，卻又在士兵不經意的那一剎那間恢復了巨人之身？

那些焚燒過的樹是不是也在你們不經意的剎那，顯現了它們的本來面目？它們恢復了魂魄的自由，但卻在風中顯得無所依歸。

這樣的景象有如幼時的夢中。那時候你怕黑，尤其怕四下無人的黑暗，但那回你在樹林中睡著了，你聽見風聲，或更像輕聲細語。你睡得很安心……你醒來時，樹林已不知去向。那是夢，而那片樹林是夢中的樹林。現實中的樹林是沉默無語的……只有在燃燒之後——多年後你才體悟到這點。

那時候仍是夏末，在夏日的黃昏之前，你們在不經意的剎那撞見了這些樹的魂魄，在微風中歎息……

生命中突然出現的意象，一片燃燒過的樹林，美麗得讓人暈眩不止。但他們原不是爲了美麗而燃燒的；或許是爲了釋放生命中那最深沉的呼喚？而你們，總是在失去之後，才聽到。

# 鐵剪刀記事

出國前母親買了一把剪刀給你。這麼多年來，你始終未能完全了解母親爲什麼會要你帶把剪刀到美國去。而且還是把手工剪刀。在美國念書的朋友都建議要買電鍋、菜刀等東西。你嫌煩，而且帶著電鍋菜刀上飛機也不是你的風格。當然你也不相信美國買不到這些東西，就更別說剪刀了。

手工剪刀就是那種老祖母用的，從把手到刀鋒都留有一種未經雕琢的粗線條，握在手裡沉甸甸的，剪起來有種很堅實有力的感覺。你不知道母親爲什麼平白買了這把剪刀讓你帶著。你問母親，她只是很尷尬的笑笑回答說，這種剪刀很好用，剛好有鄉下人經過叫賣，就買了。你當時覺得沒什麼道理，但也不便說不要，便帶著了。

母親是個很細心的人，但可以看得出她的實際是有點經過努力，因爲已爲人母了吧。不過有時候她還是會有這類天眞的舉動。

你最初直覺是因著她鄉下人的記憶。見到了這樣一把與她小時候記憶有所對應的剪刀，突然升起了鄉愁吧，讓她買了這把剪刀。再想想，或也可能與你出國前不實際的荒唐之舉有關。你在美國已有獎學金，因此母親把你在航空公司的薪水存下來的錢，交還給你帶到美國做爲以備不時之需所用。她絕對沒想到你轉頭竟把所有的錢拿去買了一把日本手工吉他。

母親知道這事時，愣了一愣。看得出有點無奈，但也沒多說什麼，只是又和父親去籌了數目一樣的一筆錢給你。她對你那種不可救藥的雲裡的腦袋總是很放任的，但也許她覺得你是該學著實際點了。不過，怎麼說總覺手工剪刀與你出國的關係有點牽強。

在國外的時間，偶有外國學生看到這把剪刀，總會覺得希奇。你因此漸漸學會用另一種眼光看它。但就是找不到一種屬於母親當時的眼光。

鐵剪刀耐用倒是眞的。你帶著它出國又歸國、結婚並生子；用它剪過無數可以剪和不可以剪的東西。只不過鐵剪刀終究是會生鏽的，使用起來也日漸不如以前俐落。最後它進了你家的廚房，專剪粗糲與生鮮。

你終究捨不得丟棄它。因爲你始終覺得母親必是有深意的買了它讓你隨身帶著。也正因爲你想不透吧？這麼多年來你沒有因爲時間而淡忘早已在盛年仙逝的母親，及她尷尬而天眞的笑容。

# 天車翻覆的那一天

小時候有回醒得太早，聽見窗外有些雜沓的人聲。你從冬被中抬頭往日式的大窗望出去，在仍然昏黑的天色中，只看到窗外有幾株燈束經過，伴隨著少許對生命隨興的調笑或抱怨。你倒頭又睡了回去。但從那一刻起，你意識到礦工過著另一種生活。你們猶然在睡夢中時，他們已經走進了坑道……

他們會經過你家是因爲你家離煤礦已經很近。雖然近，但你卻沒有什麼機會走進過礦場。唯一與煤礦最親近的時候，是與同學一起撿煤炭的時候。所謂撿煤炭，是拿著礦坑內固定支架用的錨釘，抓起像是仍有炭跡的泥塊，左敲敲右敲敲，讓泥塊露出炭的本來面貌。運氣好，一個鐘頭就能撿滿一籃子。

你們撿煤炭是在那座最新的泥巴山上。「天車」隔時會經過一次。

你家在學校對面，學校是日據時代的墳地，墳地背後就是巨大渾厚的礦山。礦坑每日定時會吐出兩輛連在一起的台車，由纜繩慢慢的往山上拉上去，到山腰的時候，台車會翻個筋斗，把挖礦時掘到的泥塊石塊一股腦兒倒出來。日子久了山腰間就堆出了一個巨大的泥巴小山來。這種運泥的台車，村人稱之爲「天車」。

你那時覺得那些礦工能坐天車是件很令人羨慕的事。隨同學到泥巴山上撿煤炭時，要是剛好有天車經過，免不了幾個人就隨在天車旁，邊跑邊「天車！天車！」的亂叫一通。押車的礦工或破口大罵（如「×你娘，你們這些猴死囝仔」），或面無表情，但天車終究往高處漸漸遠去，讓你們放棄追逐。

天車是由纜繩拉著上下的。也因此偶爾難免出事。而押車的礦工，隨著車摔下來，很少難有倖存者。然而，天車摔車雖似乎並不是很久以前的事，但村人都彷彿它不曾發生過。天車只是兀自模糊的存在於你們生活的背景裡。不管從村子裡的哪一個角落，一抬頭總有機會看到那在無聲中緩緩在上升或下降的天車。

但對學校的小學生來說，天車是有一定的魔力的。尤其是它上升的時候。對你而言，從遠處望去，小若螻蟻的天車在巨大的饅頭礦山上直線上升的意象，形成了一種強大的隱喻意味，雖然當時的你全然不知那是種隱喻。但只要看到了天車在爬升，你不免在心底幫著它爬上去。而更重要的也許是最後翻那一筋斗。天車翻筋斗時因爲廢土傾巢而出吧，會發出巨大的聲響。即使在山腳下，都還聽得到「呼嚨——嘩啦」的一聲。那一聲巨響似乎意味著天車在那一剎那解除了重負，也暫時解除了你心頭的重負。

但天車還會從頭來過。你不抬頭也就罷了，若一抬起頭，難免如得了強迫症般，意識到一切又要重新再來一次。因此，天車墜落的那日，你竟是少數目睹者之一。「天車摔落來了！天車摔落來了！」你看見天車下墜時，發狂了般喊叫著。你還沒意識到會死人這件事；你只覺得天車墜落的速度快得令人心頭發寒。你更不知道，在那一刻，那則隱喻已殘酷的獲得完成。

全校師生都在那一刻如被催眠了般僵在原地，頭抬得老高，嘴張得老大。但其實那一幕你相信並沒有幾個人眞的看到。天車因纜繩斷裂由半山腰摔下時，速度極快。大家的驚慌想必都來自於這事何以會眞的發生？那分明不是已被遺忘了的可能性嗎？

日後，你當然有機會讀到薛西佛斯的神話。但那畢竟是神話，因爲其中並沒有墜落的可能，那只是一組不完整的人生隱喻。

# 目睹祕教的儀式

你剛回台教書時，住單身宿舍。初時你尚未習慣新生活，時時覺得煩悶，少數生趣之一便是在窗前往外看去。那時候台大黑森林所在的民居尚未拆除，從高處看去，老舊的民家錯落在茂密的樹林中，有些庭院中的雜物隱然可見，孩童的笑聲也間或聽到。近處人家的活動更清晰如在眼前，有時還可以看到有人扶乩找大家樂的明牌。隔窗不遠的鴿子籠則有禽類的咕噥，鎮日與你的起居相伴。

你對這些民家充滿好奇，但回國以來尚未安頓，便始終沒有親身探訪，只是在高處偶爾望望。某種意義上來說，保持著距離是因爲近鄉情怯。那是很久以前你認識的台灣。如今忽的又近咫尺，而且就在城市的中心——一片茂密的樹林中看似被遺忘的民家。

那樣的尷尬終於因爲音樂而化解。有一日，樹林中突然傳出你所喜愛的北管的音樂，你遂毫不猶豫的奔下樓，往樹林中傳出音樂的方向衝去。那時天色已暗，音樂來自密林之內。你隨著音樂穿過層層樹障，突然看去眼前有火光在林中搖曳。也有光影不斷交織。

你好奇的往樹林中窺看——

隨著北管的音樂，有幾個人穿著某種古代的服裝，圍繞著一堆篝火跳躍前進。同時口中喃喃的吟唱著什麼……你屏住呼吸，不但是因爲這一幕太離常軌，也同時因爲它喚醒了久遠之前的記憶。

幼時在林投子的樹林中，你也曾誤闖這樣的喪禮，而且明白的看到那棺槨就在不遠處。道士在場中圍著火堆跳躍著，一邊激昂的進行著儀式。火光映在每個圍觀的人臉上，所顯現的表情非常的一致：大家似乎都看到了進入異世界的門檻，帶點畏懼，但又無法壓抑某種莫名的期待……

在那之前你從來沒見過這樣的儀式，你直覺得那必是異教徒的神祕祭典，但卻遭你無心的闖入，而且有人看到了你在偷窺。人群中有些人你認識，但此刻他們顯得如此陌生……他們陌生的表情使你覺得，窺探早已構成褻瀆；你直覺你是無法被原諒了。你在無助中後退，你知道自己無法再久於人世，無法再與親愛的爸媽永遠在一起……

此後數年間，你始終懷抱著巨大的恐懼等待，等待著有一天異教徒找上門來，把你放進他們準備好的棺槨。每次你再走過林投樹，都彷彿風中有人在吟唱著異教的詩篇。他們對人世有另一種期待：在暗影中，在後街裡，在荒陬海畔，在破敗的建物內，在老年人模糊的記憶深處。

但眼前，它竟出現在巨大的都市的核心地帶，一片突兀的違建與僅剩的非人工林深處。恍如在城市的街燈光圈之外某種一晃而過的魅影，或是留聲機關機後不知從那兒仍不斷傳來的靜電聲。

一塊應該早已消失的過去，何以仍不識趣的頑強的在這兒苟活？你曾經害怕它，然而，此刻你知道，安魂曲才是你必須對眼前這一切而唱的。

你也終於了解你何以害怕。你會害怕，因為你不應該「迷信」。經過西式的教堂時，你感覺到那麼充沛的光明籠罩著你，意識到那麼超越的神祇俯看著你，雖然你並不是任何一種基督徒。你知道，這一切，都因不斷有人教授給你；在你完全不設防的童年，你相信了——鬼魅就在你最熟悉的身邊，而神，祂必然來自遙遠的西海，黃髮青目，且手持祛邪之劍。

# 中山北路，一條真實的不存在的街

少年時候的你，常經過中山北路。最初你並不是以台北人的身分來到中山北路。你眞的是經過。

中山北路是你認識的第一條台北的街道。從淡水到台北，一路上不斷覺得台北已近，但一直要過了中山橋，才有眞正進入了都會的感覺。然而，正當你覺得有點目不暇接的時候，車已過了長安東路。從淡水到台北，那條路好像沒機會讓人猶豫似的直奔台北車站，唯獨中山北路這一段讓人有點躊躇。而躊躇總在經過之後。車一過長安東路，你剎時覺得有點恍若隔世：你不免有那麼點疑惑，方才那歷歷在目的一切，可是眞正的台北?方才經過的這條街，可是一條眞實的街?那會不會是一場燦爛的夢，必須要經歷之後，才能面對平庸的現實?

關於夢的堆砌，即使在那樣的年紀，你也是知道的。那個時候，你們常讀赫塞或紀德，對於成長有諸多的不滿……

而在那樣閉塞的年代，只要是和平庸的現實不一樣，就自然泛著夢的微光。中山北路的許多角落就是這樣泛著某種微微的光暈。一如那個年代的「學生之音」，即使那麼粗糙的複製了美國的流行音樂，也都這樣的泛著光……

更何況這是你生命中第一條城市的街道。這並不是說，在此之前你沒有去過其他的城市。事實上，你生在萬里，在更年少的時候，基隆才是你的「城市」。對基隆留下的第一個記憶是剛上小學不久的時候：殖民時期建築風格的火車站和港務局、老式而不斷喘息的公車、岸邊水聲有點慵懶的港口、翻覆在大馬路中間的牛車、港邊街上一字排開的酒吧和它們俗麗的招牌、加了香菜的刁家清蒸牛肉麵香以及店裡北方人的吆喝聲……

然而，那個城市比較像是屬於過去的。

來到了台北之後，才深以爲終於知道什麼是眞正的都會。那或是一種向未來開展的氣韻。雖然，沒有人知道未來是什麼，尤其在那個年代。關於「眞正」都會的神祕氣息，或許就是這麼嗅出來的吧。因爲，已知的一切都是平庸而乏味的。中山北路的異國情調，雖然有點人工甘味的意思，畢竟爲彼時的台北帶來了你們眼中的未知。

正如盧梭當年第一次來到巴黎時，他走的某一條街給他留下了甚爲不快的經驗，竟成了永遠無法磨滅的巴黎印象。中山北路於你亦是如此，只不過最初的經驗是愉悅的。她是那麼的讓你意識到，你到了台北。即使她其實又與當時台北的其他地方甚不相像。

對年輕的你而言，這種發現應是一種喜悅的感覺。好似在本國的土地上也能流浪了。

但最初，你只是經過中山北路。你眞的只是經過。她的過於炫目、她的稍縱即逝，都讓你未曾想像會在其中駐留。後來，開始有些事讓你耽擱、逗留、撿拾、徘徊、鵠候。你漸漸也成了中山北路的一員。不過，感覺上你還是不屬於這裡的。這裡猶然是夢的邊緣。即使有，或說因爲有，那不算長的戀情。

無論如何，你確曾深深的陷入其中……你憎惡美國學校，但愛戀著V。你曾在午夜時分的中山北路，追逐無法捕捉的魅影……但到了夏日的清晨，在那座教堂前面的小小的廣場，V讓你輕輕的吻了她。

但那是教堂前仍然人煙稀少的年代……

你對中山北路的記憶，正如你與V的戀情，充滿了矛盾。雖然矛盾在那個時候，你總會刻意忽略，正如你那時候已經隱約知道這一切的背後，是一種奇特的權力關係。但你刻意的忽略……

因爲V曾陪你走過中山北路，那兒的一切變得益發眞實，也益發虛幻。因爲她是那麼的屬於中山北路，不屬於其他地方。

所以說，中山北路是一條不存在的街……

從晴光市場到高三時下課後常跑去聽胡德夫唱歌的、好像叫「哥倫比亞推廣中心」或什麼的地方。有的是名字本身帶來的聯想，更讓人流連的是一種氣氛：落葉、人行道、精品店、咖啡店、西書店、仿洋的建築等等所氤氳而成的。

其實你不記得太多關於中山北路的細節。中山北路是一種氣氛，而且是屬於那個年代的，後來的忠孝東路或仁愛路無法取代的。來到這裡，你好似突然擺脫了什麼枷鎖：你可以肆意擁抱假日、擁抱陽光，完全接受中山北路虛幻的異國情調強烈的暗示。然而那整個年代不都是虛幻的？卻又那麼眞實的崁在你腦中。而你不斷試圖從中醒來，卻發覺眼前的世界似乎一樣的虛幻，甚至益發如此。那是因爲你刻意在尋找什麼嗎？

在中山北路，所有的愛欲與付出、出賣與背叛，都曾被允許、卻未必都清楚。因爲她並不存在，所以一切都輕若鴻毛。

多年後，你眞正踏上了巴黎的石板路時，居然發覺似曾相識，原來中山北路已經成了你第一個異國經驗。而且，有那麼一刻，你居然全然的忘記了自己是黃種人……

你想起「少年的心願是風的心願」那句詩。一個已經過氣的詩人還可傳世的一個句子。你原諒了自己年少時流浪的欲望。

但是，你原諒苦悶的少年不懂得歷史，卻不能原諒微笑的成人對歷史的無知。你萬萬沒有料到整個台北竟是在走著中山北路的路，急速的試圖撲滅自己的歷史。這時候你想起了關於中山北路美麗的記憶背後，一向隱蟄著的猶豫。

這些都發生在戀情結束之後。你開始住校，等於是在台北定居了下來。這條路變成了回淡水的路。你對台北日漸熟悉，變得不常回家，再後來偶爾回淡水也不再經過這條路。

同時台北也早已開始快速轉變。不再是昔日你的夢中之城，卻又更像造夢的城市。城裡的各個角落都愈來愈像中山北路。中山北路，那曾是到夢城去的唯一的、但也極不眞實的道路，漸漸消失在過多的仿中山北路之中。這使得台北在你心中最初的印記，漸漸沉入了記憶的深潭中；但愈是如此，反而愈覺得她眞實得無法定論；她被排擠到了關於中山北路的一場大夢的邊緣，但卻又在你記憶中發出幽光，分明已成了你夢的核心。

你夢見自己又像當年一樣，坐公車經過中山北路。你坐在靠車掌小姐的位子，努力往窗外搜尋：你記憶中那麼清楚的一個模糊的站牌。

# 去年今日此巷中

念F大企管的CP約你去參加他們學校英文系的舞會。說就在你學校附近。研究所考期已經快到了，還沒有決定要不要考，心情有點浮躁。加上H最近又鬧情緒，週末是空檔，就毫不考慮的答應了。那年頭的舞會多半是在空屋中，也不知那來的那麼多空房子。只有極少數的時候是像這樣是在某人家裡。

地點果然離學校很近。那戶人家有一片白色的圍牆，近大門邊的地方崁著大大的銅製門牌號碼，九號。

CP說女主人姓Y，因爲她這種姓非常少見，加上單名乍聽諧音，所以大家都叫她「雲雀」。不過，你覺得她本名更帥氣，不覺口中念了幾遍。

到了現場，你一眼看出誰是女主人。她把頭髮盤在頭頂，修長的身子裹在合身的上衣與略窄的長裙裡，四處招呼時還是來去自如。你特別注意到她的嘴部微微凸出，在她端莊的舉止襯托下，有種特殊的可以稱之爲性感的味道。

那年代的舞會雖然相對的簡陋，製造幻覺的能力卻毫不遜色。你環顧四周只見人影幢幢，一種莫名所以的孤獨油然襲上心頭。你來晚了，還沒有明確的對象邀舞。轉頭一看，Y也站在不遠的暗處中，好像一時打不定主意自己應該扮演的角色。你沒怎麼思考就走過去請她。即使在黑暗中，都看得出她的表情有點「怎麼是你？」的意思。你迅速的翻動記憶，確定沒見過她。

「唱歌嗎？」你隨口問她。她搖搖頭，笑容謙遜但自信。「怎麼會這麼問？」「因爲你的外號——」其實也有點是因爲她家開唱片公司吧。你意識到自己快要顯得俗氣了，遂微笑不語。「可是我知道你會。」她令你意外的這麼接下去。原來她也常去ML聽歌。「還看過你演戲。」

她說對你在Glass Menagerie中演的Tom Wingfield印象最深。你說：「我在戲中就只是不停的抽菸罷了。」她看著你，笑著說：「其實我是很討厭抽菸的男人的。不過Tom Wingfield例外。」談話間讓你覺得她其實並不怎麼像是個洋化的有錢人家。你們跳完兩首慢舞之後，在音樂的空檔之間仍然站在舞池中說話。最後還是她示意說要招呼一下。不過，她也馬上補充說，回頭還有機會。你會意的笑笑放開她的腰，她的左手從你的右手臂上以一種均勻而略粘著的速度滑下去。你知道這不是最重要的時刻。你點起一支菸，看著她在人群間穿梭。黑暗中看不清她的表情，但知道是在笑著沒錯。這時CP突然間出現在你身邊，很得意的說：「還不錯吧？」「還好……」你含糊的應著，眼光始終沒有離開Y。

在舞會上你遇到好幾個跟你同校的，都是什麼融融社或國際事務研習會的。你也參加過國際事務研習會，很天眞的以爲可以研習國際事務。後來也去過融融社的舞會。不過那時候，你已經確知這個社團的主要目的不在於切磋文學與藝術。今天的舞會顯然跟這些人的圈子有些關係。你跟一個同校的說了幾句話。對方口氣中的油脂感薄而不淡。你說你要出去抽支菸。

你走出客廳，在院子裡深深的換了幾口氣。爲什麼需要出來呢？顯然不是洋化兩個字了得。論洋化某些方面你可能比他們更洋化。你和你那些朋友們玩吉他、唱洋歌、有模有樣的談存在主義和反越戰等等，別人看來應該更是洋化得不得了。但對照這些人那種甚爲高尙的洋化，你就會覺得你這種洋化畢竟是理直氣壯。因爲你們學舌洋人的那一套，原本針對的就是高尙的洋人。

一回頭Y竟也到了院子裡。問你「怎麼不玩了？」屋裡晃動的人影與隱約的樂音彷佛轉眼已是另外一個世界了。她誠懇而不設防的語氣，很不像是從那屋裡出來的。「沒事，吹吹風。」「你在舞台上看起來沒有這麼隨和。」你知道她的意思。你說：「舞台上的形象總是比平常大很多。」「會嗎？」你可以感覺到她其實是在對舞台上的你說話。你突然對你們這種奇怪的關係有點莞爾：你因爲曾在舞台上被她看見，竟在她眼中有點成了另一個人。而另一方面你對她也有種齊大非偶的什麼不大清楚的意識。你們不知不覺說了許多話。直到她突然想起來：「我好像應該進去招呼一下，不要一直都待在外面喔。」

你想起小學時讀過的瓊瑤，這個過程跟那種小說像極了。沒想到她也寫實過。回到屋內沒多久，就聽到有人宣布這是最後八首了。最後不是平常較常見的連續四首慢舞而是八首，是爲誰設計的？你的嘴角不自覺牽動了一下。沒想到你走到Y的面前時，那個打著領帶、梳了西裝頭、自覺很體面、已在念研究所的融融社社長，忽的已先你一小步到了Y前面，還做了一個漂亮的邀舞動作。你透過自己已半遮住眼睛的長髮斜睨著這個滿臉堆笑的人，心想「也罷」；故事也未必需要像瓊瑤的小說般寫下去。但Y竟是把手遞給了你，Tom Wingfield。

《Night in White Satin》、《A Whiter Shade of Pale》這些舞會最後常播放的情歌一首

接一首毫不鬆懈的層層圍繞著你們，到後來本來很健談的Y也靜默了下來。你們是那麼的接近，屋內那些令人不快的人好似都被置留在層層樂音之外的黑暗中……你意外發覺自己竟有點躊躇，眼神還不時的往別處看去。直到最後一首《Twelfth of Never》唱到了高亢的「Hold me close. Never let me go.」時，她突然低著頭輕聲問你：「你不累嗎？」在那一刻你終於不再猶豫；你緊緊的把她抱在懷中：你累壞了——從此不需要猜測、不需要解釋、不需要語言……

臨走時，她問你「玩得好嗎？」你一時不知道怎麼回答，只好壓低聲音說：「會不好嗎？」不知不覺似乎又有點正式起來。你有點訝異。她看來也是。難道方才只是一種情境？其實每次舞會結束，你都會有或長或短的這種疑惑。但方才你們那樣毫無縫隙的接近似乎並不只是肌膚的接近而已。你可以感覺得出她有著相類的疑惑。你握著她手說：「我再跟你聯絡。」「一定喔。」她優雅但有點羞澀的說，隱約似乎喪失了她整晚上一直飽滿無缺的自信，好像一切都會隨舞會的結束而煙消雲散似的。你深深的看了她最後一眼，意思不外是你一定會與她聯絡的。

那晚你輾轉無法成眠，起來好幾次，最後竟寫成了一首詩，並且裝進了信封，準備次日一早投郵。但隔天當你還在睡夢中時H來了一通電話，你輕易的就原諒了她，也把

Y慢慢挪到了心中的暗處。這絕非因爲齊大非偶的想法眞的影響了你，你只是沒法同時和兩個人來往。而且，你隱約覺得Y是會等待的。H那種起伏不斷的情緒，反而讓那個年紀的你無力擺脫。

接下來就忙著考研究所、準備畢業等等。那個夏天繼續還有很多的起伏。期間你屢屢因無來由的失控而想到Y，又屢屢被H事後所表現的殷勤打消了那個念頭。

又過了幾個月後，你和H終於徹底的分手了。有一天夜裡，學校附近的夜色與舞會那日有點類似。你忍不住拿出那首爲Y寫的詩。讀著便油然想起舞會那夜她全無防衛的眼神、聲音、舉止、觸感……你覺得她必定是個和H完全不一樣的女人，不知道爲什麼你竟能夠把她擱在一邊毫不聞問如此之久。當下你就衝動的在迷離的夜色中直奔那條巷子。然而，你從巷頭走到巷尾，居然沒找到那片白牆、那個門牌。原址現在是一棟新蓋的公寓，號碼從九之一到不知多少。

此後，你還幾度回到那條巷子流連，全然不知道爲什麼。

# The Hypochondriac

整理舊信時，翻出了一張W在你出國念書前寄給你的明信片。正面是一幅很特別的畫。那時你還年輕，但對這幅沉鬱的畫卻有一種奇特的感悟。因此，你刻意保存了好一陣子，直到它終也漸漸埋入了紙堆中。

你與W是大學前後屆，不時有些機會見面，甚至有幾次也曾有單獨而深入的談話。但話題即使偶一私密起來，也還是很莊重的。故每次見面始終是有些淡淡的尷尬要克服。當然，她是那麼的冰雪聰明，關於尷尬，她必有深刻的體會。故收到這張明信片，不免有點意外。

那張畫的畫面有點擁擠，從畫面近處到遠處都是房子，且視角在高處，所以看不到市街在何處。但光線層次倒是隨著房子的遠近而不斷有所改變。最近處佔滿畫面的房子，大半籠罩在陰影中，到了遠處高聳的教堂則完全沐浴在陽光中，但也成了遙遠的淡影。圖左上方是一個頭略大的人，從大約是閣樓的窗中探出頭來望向遠處，大概已經許久未看到陽光。至於畫名，你好不容易才在一角找到一行極不起眼、但讓你吃驚的字：the hypochondriac（憂鬱症患者）——。

眼神離開畫面時，眼角有些澀，胸前覺得腫脹。你怔忡許久：她怎能如此輕易看穿你？那時憂鬱症尚不是個時髦的病，用英文的形式出現，卻早已讓人嗅出彌漫著壓抑的詩味。你與她的在大學時的那種始終未曾說出的什麼，竟能化做這種關懷，並且在一紙簡單的明信片中，強而有力的讓你感受到了那股脈衝。那一刻，你才體會到明信片的力量。

有時只是一張看似不怎麼相干的圖案，但經由讀信者無心的凝視或摩娑，或與文字隨意的串起，卻可能觸動生命的某個角落，讓迄未顯現過的情愫突地鋪天蓋地而來。

你猶記得那時想像她在遠方也端凝著畫中那大頭的憂鬱症患者，甚至時而伸出手去撫摸他……你可以感受到她輕柔的力道、滑軟的指尖、還有極微少幾乎無法察覺的汗濕……你口中不自覺的喚起她的名字。在生命中的這一刻，你們兩個只感覺到彼此的存在，雖然你們各在天際，且在那一刻你對她的行止毫無所知。那個時刻持續駐留在你的留學生涯中有好一陣子。

此刻你拿起那張明信片，可以感到胸中仍有些許久已遺忘的情愫留連。你再次端詳那幅畫……不意赫然發現在畫的正前方那幢陰影中的房子的深處，竟然還有一個人。他／她在燈光中伏案吧，渾然不知天外有陽光一般。事隔多年後你竟有這個始料未及的發現，讓你一時不知如何面對記憶之確鑿——。

關於她為何寄給你這張明信片的一切，都似乎必須重新理解。多年來你一直一廂情願的自以為是那畫中的 hypochondriac，但陰影中那人卻似又有別的故事。

多年後，當一切都成了明確而曾一度被自己複誦的歷史時，你方才發覺，你也許錯過了她寄信時的心情；你此時才知道那時的她是孤獨的。

# 隴西堂尋愛未遇

朋友S大學落榜的那年，要你陪他到大樹鄉找他在樹林中學的女朋友。你們一路從台北坐慢車到高雄，過了一夜，再轉車到了大樹鄉。抵達大樹時車上已沒什麼人。在大樹下車的只有你們兩個。迎面是暴烈的蟬聲與正午的炎陽。在一切都還未理出頭緒之前，你們看到了車站一角赫然立著一個似人非人、似樹非樹，也許可以稱之爲「樹人」或「人樹」的東西。

那是一個長髮的男人，年紀無法輕易分辨，因爲他全身的毛髮都久未整理。頭髮早已拖在地下好幾尺，而且，已經變成了一綑一綑的頭髮，不知是曝曬過度，或是營養不足，已成了土黃色。拖在地面的部分與地上的泥土糾結在一塊，像極了樹的根部。他光著上身站在那兒，一動也不動。面容密布著無數的時光的痕跡，像是個受過苦難、如今已經揮別世事的老印地安人……你往車站外的烈日望去，看不到其他的解釋，只覺眼睛略微一黑，幾乎要懷疑這是正午的大太陽下的幻覺。

這樣一個兆頭並沒有阻止你們的行程。在烈日下，你們走過大部分是樹蔭稀疏的無人田野，七折八拐之後，在一片木麻黃後面，出現了一條不太長的街，街兩邊是整齊的兩列磚房，都是典型的台灣閩南式農家住宅。有趣的是，每家門口都掛著一張匾額，上面寫著不同的傳說中的來自中國北方的堂號：隴西堂、臨汾堂、滎陽堂、潁川堂、河間堂……。在這個時辰，有些人家門口有人躺在長板凳上午睡，也有些門口坐著老人家茫然望著前方。蟬聲則毫不止息的籠罩著這裡，似乎有意不讓這個地方走漏它的存在。你對S深入這樣的地帶尋找愛，內裡一陣深入五臟的悸動。

他找到了女友家，但他只不過遠遠往門內瞥了一下，沒有其他作爲。一個他說是女友舅舅的人，從屋裡看到他也只交換了眼神，並沒有說什麼。整個村子都安靜異常，沒有因你們的來到，有任何變動。對於女朋友沒出現，S沒有多做解釋，只是無意識說了幾個不大有意義的字；似有點懊惱，又彷彿他本來就知道她不在似的。你也沒多問什麼，只是陪他默默的在安靜異常的村子裡聽了一會兒蟬。

未久你們又循原路回到了車站。樹人／人樹還在那兒一動不動的。你覺得你似乎快要中暑了。S的女朋友或許是幻覺吧，反而樹人／人樹卻是眞眞實實的立在眼前。你多看了他一眼，覺得他似乎嘴角微微牽動了一下。但你想那不是眞的。

他，坐在樹人／人樹不遠處的S，一個只知道自己是××省人的眷村的少年，愛上了大樹鄉「隴西堂」的女孩子。如今尋訪未遇，在小小的車站裡，顯得困頓異常。

面對著S的樹人／人樹，臉上崁著無數的時光的痕跡、像是老印地安人般，臉上沒有任何表情。你猜想他會不會也曾在某一年的烈日下來到大樹，但因爲無法找到他心愛的人，而……。

他當然也可能是爲了更爲詩情，或更不詩情的理由。然而在人生的某一個點上，他因爲一個現已不爲人知的理由，走離了人世的蓬車壓了又壓的轍跡。但他雖已不再涉入人世，卻又似了然於世事的核心了。

所以，你們剛剛去的是什麼地方，他一定知道；S的一切，甚至你的一切，他都已預知了吧。他就在這個小站出口立著，預知每個人的旅程，但不知心中是否也有所記事。

上車離去前，你朝樹人／人樹那邊望了一眼，正好看到他朝你們這邊臉上似笑非笑的牽動了一下。這一次你是確定了：坎坷人生的種種，都盡付那略帶會心的微微的一笑中了。

# 來自鄂爾多斯彼邊港

你長大的濱海小鎮的小布爾喬亞，有一定程度的日化情調，比如只要聽音樂，一定是日本演歌或日本演歌風的閩南語歌。而且因為一種富於傳統氣息的「與人同樂」的習慣，音樂總是放得老大聲，讓那只有一條大街的小鎮從頭到尾都聽得到。但小時候的你不知怎的對演歌有種直覺的不耐，當音樂從街的另一端如洪水般湧過來時，你不自覺就會有種掩耳欲逃的衝動，卻又不知有何處可去；小鎮的背後是一座高聳的礦山，前面是深沉的北海，左右則是穿越起伏不止的丘陵、在蜿蜒迂迴中勉強找到出路的公路。

但那種音樂停下來的時候，小鎮多半只是進入了另一種令人無法喘息的靜止中。在燠熱的夏日午後，整個小鎮常變得毫無聲息。你總是焦慮的等待著從基隆西來或金山東來的車輛，從門前經過。但你常會失望。冬天在東北季風和冷雨中聽風數雨的寂寥，更是幾乎只有黃昏點燈的剎那稍能緩解（而且必須是日光燈出現之前的那種不省電的、發出溫暖黃光的燈泡）……

但這一切都因爲一個原因而變得可以忍受。夏日的午後偶爾出現的風，總有些時候會斷續的夾帶著不知從何處傳來的一種樂音，高亢而富於轉折，像是在訴說某種即將散失的記憶……這種樂音和你偶爾會聽到的國樂的溫柔敦厚很不一樣，與廟會時的民間音樂有某種類似，但也僅只於民俗情調的類似而已。冬天雖有無休無止的冷雨和季風，但季風稍弱時，那若有似無的樂音仍會穿越雨聲而來……對你而言，那樂音是解放的前兆。你知道它無懼於季節的阻撓，總會來到。但最終，解放在你離開小鎮之前，始終沒有來到。

然而，在小學畢業後遷離小鎮前的暑假，有一回你確曾循聲找去，而知道樂音是來自「彼邊港」。小鎮稱爲港口的，其實只是鎮裡那條小河不時改變的出海口。「彼邊港」指的是河對岸靠出海口的一帶。港的那邊是小鎮的墓園所在，點綴著少數民家，長時間被鎮上居民以落後地區相待。小鎮的小布爾喬亞只有在掃墓時過去，他們偶爾頑皮的子嗣在刻意叛逃時也會涉足。這樣的平凡地方卻有這種樂音傳來，對年幼的你來說，仍舊未可理解。

於是，雖然找到了樂音的發生之地，但它眞正的來處，依然是童年少數幾個無法輕易解開的謎……你背負著整個在漁村的童年留給你的閉鎖與困頓，離開了那神祕的樂音。

高中畢業那年，和幾個同學不知為什麼起意去小琉球。前晚在高雄林園住宿，晚餐後在鎮上轉了轉，竟在某株老榕樹下聽到了同樣的音樂：幾個老人聚在樹下，手中一兩把弦子，隨興但忘情的唱著高亢而富於轉折的那種音樂。但你那時不多言語的習慣使你即便十分好奇、卻並沒有上前詢問出處。

很多年之後經過一個唱片行意外又聽到時，詢問之下才知道是一種名字非常熟悉、但內容一無所知的傳統音樂。而且，果然如你的直覺是來自中國北方，與游牧民族有很深的淵源。然而這樣的淵源反而讓這個謎團又更糾結：

它一路從鄂爾多斯高原南下，經過長程的跋涉，到了大陸的極南，又渡海進入面對大洋的島嶼。然而那來自高原與大漠的高亢樂音，雖然已經明顯的漢化，竟沒有太根本的改變，你無法抑制的為此感到悸動。是什麼原因讓一種文化能如此的強韌與執著？

一個在高雄林園的漢人老者，臉上已布滿縐紋，竟仍能唱出這種原屬於壯年與馳騁的樂音——只是不知何以有種悲涼的情調。時空的異常感讓你更好奇這種音樂的身世。然而它的即將消失，是否也意味著它的執著畢竟是孤獨的；在異地，南方的水土中，它北地的情調終須失傳。

還記得唱片行老板簡潔的回答你時，你眾裡尋它千百度之後既熟悉又陌生的感覺……他說：北管。

# 夏日的船形帽

在北投，你第一次知道有一種地方叫眷村。你十二歲的時候從一個漁村來到北投念國中。北投對你是一個全新的世界：每一個人都說著標準無比的國語，每一個都乾乾淨淨的，像是你想像中的眞正的城裡人。

在北投，你第一次看到武俠小說中的姓（諸如熊、冷、鄔、安、時、元、璩、費……），也是第一次看到那麼多單名的女孩子（諸如徐淨、韓蓓、袁馨、姚謙……）。而且，你發覺她們許多都是眷村出身的。她們和漁村裡的女孩很不一樣的體態與舉止。雖然穿著黑衣白裙，但卻無法遮蔽她們正在綻放的色彩。每個女生的眼中都影影綽綽的飄動著什麼等待被發現的心情。這一切當然與青春期的你的想像或更有關係，但你深信與地方有關係，而且與眷村尤其。

其實她們所來自的眷村很不一樣，有北投本地的婦聯三村、大屯里、鐵路局，有石牌情報局，還有淡水氣象聯隊、關渡自強新村、以及無數台北市的眷村。但你那時是無法區分的。你無視同班同學在家常被當軍官的父親用軍用皮帶抽打的事實，而想像眷村都是那些教養極好的女孩子。

一直到那個留級生寫了一封信要人輾轉交給你，約你星期六在陳濟棠公墓見面。你在國中時是所謂的好學生，留級生很少會主動接近你。但你開始抽長之後，偶爾也會收到她們給你的信。但這是你第一次爲這樣無端的信赴會，也許是因爲她在信上寫的那首屬於國中女孩子愛寫的詩，有一種比一般青春期更抑鬱的感覺打動了你。

你們見面時，雖然你已因爲她所屬的班別知道她是留級生，看到她那種典型的留級生外貌——因爲削過而蓋住了半隻眼睛的頭髮、裙腰往上捲得短短的裙子——還是難免心跳有點紊亂。你們見面時有些尷尬，好一會兒後，她才開口問你：「怎麼出來還戴著這個帽子？」你隨手把國中生戴的船形帽戴在她頭上，才開始有一搭沒一搭的說著話，一邊已經走到丹鳳山的不知什麼地方；山石奇峻，樹林茂密，而且，還赫然看見山凹裡的樹林間有穿著古裝的人在其中跳躍追逐，好一下你才意識到是有人在拍電影。即使遠遠看去，也知道這一段故事是很清楚的悲傷的……

你們在高坡上往下看完這段戲後，或許因爲覺得自己也因此經過了同樣長長的一生，而不再生疏。你們開始聊天，你終於進一步的了解了眷村，知道她的不快樂有許多是來自村子。你心中不由得翻騰起來不知如何抑止，眼睛竟不敢看她，但略微顫抖的手卻拉起了她的手……。

你送她回到眷村後，站在村子口目送她走遠，你發覺你對眷村有了新的認識和感覺。最後你突然轉身快跑起來。你沿著新北投支線的鐵路一路跑到了舊北投火車站。你坐下，坐在從日據時代到現在的一再被旅人坐過，已坐出了一個明確無誤的坐痕的木椅。火車也許會誤點幾分鐘，但車上總是那些人。然而，此時的你已經不再是過去那樣想像世界的自己，你已經不再是好學生……。

你一上火車，就把車窗往上拉起，探出半個身子，迎著風大聲喊叫，不因爲別的，只因爲這是夏天，生命中的盛夏。你閉上眼享受那種唯有火車在全速行駛時才有的夏日的涼風，突然你的船形帽呼的隨風飛遠，剎時消失了蹤影。

你回過神來的時候，許多年已經過去，此時你坐在捷運裡，窗是密閉的。源源不斷的冷氣告訴你，你很舒服、很安全，但只要你睡去，醒來總是要想一想才知道是在淡水線上。在下車之前，你必會再度睡去，也許也會再次夢見在風中飄飛的船形帽——而且這次終於知道它在夏日的強風漸漸止息後的去處。

# 迷戀戲子

又到了村子的廟會時節。廟前廣場也用汽油桶搭起了戲台。那個你迷戀的戲班子也再次來到廟前的廣場。你迷那個戲班子純粹是因為那個男主角。一個女扮男裝的男主角。

為了她，你不但每天到廟埕報到，而且甚至還會走路到幾公里外的另一個村子，只為了看她下一輪的演出。每回看戲你都必然從戲台側鑽進去戲台底下，再從台前鑽出來，緊貼著戲台站著。那時還是小學生的你，臉大約勉強高出戲台一點點。你就這樣可以在戲台前站一整天。台上的表演所震起的灰塵，不斷的飛進你眼中、鼻中，常刺激得你眼淚直流。但在淚眼模糊中你仍然堅持著，目不轉睛的等待她、看著她。

每次散戲後，你總是內心狂跳著在戲台旁徘徊不去。有一回你終於忍不住悄悄爬上了後台。她正蹲著在吃晚飯，臉上的粧尚未全卸，穿著及膝的白色襯褲，腳踏著木屐，她的襯褲褲管因爲蹲著而往上捲縮，露出了整條白皙的小腿。黃昏時的陽光正好照在她的頸子上，你覺得你似乎可以看到那些發出金色反光的細細的汗毛。

她轉過身來看見了你，與你四目相對——

「細漢仔，在這做啥?還不緊轉去吃飯?」她半訓斥的口吻中，好似另有一種知遇的疼愛。你胸中湧出一股汩汩的流泉……你看著她，她也看著你，在那幾秒鐘裡，在黃昏溫柔的光線中，你相信她將永遠定居小鎭，成爲一個嫻淑的婦人。但你的千言萬語一句也說不出來，在尷尬的幾秒鐘之後，你勉強擠出了一個問題：「你住哪裡?」她楞了一下，大概是因爲這個問題太成熟了吧?隨即笑著站起來，手一舉，以準備上馬的姿勢，半唱半念道：「住——在——四、面、八、方——啊——」。她吟唱時左腿一抬，褲管隨之一緊，整個大腿在白色的襯褲內繃得緊緊的，彷彿隨時會……你剎時低下頭去，你覺得再看下去你就是褻瀆了她。

突然你感到一陣溫熱的氣流襲來，抬頭已看到她在你眼前，你們在那一刻是那麼的接近，近到你已無法看清楚她。只聽到她說：「憨囝仔，轉去吃飯。天暗了。」說完並摸了摸你的頭。多年後你才在舞會中再一次感覺到這種氣流。在最初的那一刻，那突來的氣流讓你完全失去動彈的能力。即使是過了那麼多年，體熱在舞會中襲來仍然讓你感到震顫——你們明明只是面對面說話而已——更何況是最初。

你仰著頭看著她，彷彿有若干世紀之久。最後才熱紅著臉溫馴的說：「好。」你慢慢的走下戲台。到了地面之後，你並沒有往回家的方向走去，而是猛然往海灘方向狂奔。你在黑夜中獨自在似乎永無止境的海灘上狂奔，木屐早已不知去向，臉上更流淚不止——因爲那短暫的接近，更因爲你也明瞭了她注定要流浪的命運。

許多年後，你讀到馬康多的荷西。阿卡迪歐因爲愛上吉普賽少女而跟著吉普賽人離去，你忽又憶起這段往事。在那一刻，你發覺自己非常了解他的選擇：他是不願與青春賭博。因爲愛情的機會、流浪的機會，都稍縱即逝——誰知道離去的吉普賽人是否會再回來？

# 燃燒中的海灘

阿龍的一通電話，像是從黑暗的時光盡頭露出的一道微弱的光。小學畢業後幾乎沒再見過的同學，如今已有著一副男人的嗓音，但其中竟也還保留著他幼時的某種音色。那道光開始慢慢的亮了起來。他問你要不要回去參加同學會。同時，也聊起了最要好的幾位同學的去處。教會你騎腳踏車的阿龍在當設計師；以前數學最好的阿盛，目前開計程車；躲避球校隊隊長阿德因爲用漁船走私大陸貨剛被捕；有點羞澀的阿池當了鄉民代表；功課老是最後一名的阿發因爲母親改嫁、後父早死，而成了億萬富翁；只有在全校應屆只有一百多名畢業生中第一名畢業的你，目前是教授較不意外，阿龍說。日子也較乏味，你說。

你突然想起阿龍漏了一個人：阿獻。從小就喜歡模仿台語歌星文夏，喜歡畫畫，喜歡耍點小太保，笑起來酒渦媚得有點像女人阿獻。阿龍說：好久沒見到他，好像有點失意，避著不見大家。他一說完，電話冷了幾秒鐘；你們倆顯然都有點若有所失。
說到阿獻，童年的記憶突然亮了起來。在回憶的火光中，那時候大家分明是同一種命運的。尤其五年級那個夏天的黃昏。
那時阿獻方才喪父，情緒不太穩定。不巧的是，那一天國文老師剛好講到「塚」這個字，竟然眉飛色舞的說了半天。大概因為語氣不夠莊重吧，說著說著突然聽到阿獻爆出了一句：「×你×。」教室裡的氣氛一時凝結了起來。然而，因為老師重聽，並沒有預期中的什麼特別的反應，只是有點不解的往阿獻的方向看了一看。而且，這時候，下課鈴聲也響了。
你們抓起書包轟然衝出了教室，並且一路跑到了海邊。在晒著的漁網、半掩埋的漁燈球、散落各處的漂流木之間，阿獻用一種奇怪的聲調哭了起來。雖然你說不上來，但你模糊的意識到那是一種面對死亡時完全沒有叛逆能力的人類的哭聲。你們看著蜷曲的阿獻，都說不出什麼安慰的話來；孩童的語言中還沒有這類的語言。你們甚至於無法點明，他哭是因為死亡。死亡還太難讓人啓齒了。
你們不自覺圍成了一圈，似乎認為這樣可以幫阿獻擋掉點什麼。但暮色開始一點一滴垂了下來。誰也擋不住黑暗如水銀般的侵蝕。

夜色也帶來了飢餓，以及一點點因爲沒有回家吃晚飯的恐慌。於是，有人悄悄到街上去買了菸和麵線。你們開始無意識的拆卸附近爲了種沙地作物用乾芒草稈編成的防風圍籬，點起火來用海水煮麵線，一邊開始學著大人抽起菸來。

海水煮的麵線太鹹，非常難以下嚥，菸又嗆得你們一直咳嗽和流淚……但你們已經長大成人，你們已經無所畏懼……突然阿獻霍的站了起來，大聲念起了平常用來嚇人的童謠：

日頭落山，鬼仔出來賣豆乾

萬善堂，要出外，墓仔埔還欠一個伴。

一時間，大家像合唱一般一遍一遍的念了又念。突然阿獻把菸頭往圍籬扔了過去，乾枯的芒草稈子輕易的燒了起來，於是你們跟著也把不知如何處理的菸頭扔向圍籬。圍籬刹那間燒成了一片火海。你們的聲音隨著火勢愈來愈大、愈來愈粗。火把整個黑夜裡的海灘燒得通紅。在火光中，你清清楚楚的看到海在急速後退，天空不斷的張開翅膀；你看到其他幾個人的表情都是如此堅定。你一直都記得，那時候，你們的命運是一模一樣的……

# 驚呼臘葉

工作中無意識的抬起頭——非常意外的，你看見了一隻鷹在你屋後的原始林上方盤旋。你脫口而出：「臘葉！」

那鷹在空中盤旋了數圈後，開始往別的方向飛去。你想盡辦法偏著頭追蹤牠，但最後不得不讓牠逸出了你的視線。

你住的這個山頭背後是一大片茂密的原始林，從你屋後一直綿延到大屯山的那一頭。原始森林的範圍大得讓人相信這一帶必仍有一些未被更動的歷史或生命存在。然而，那鷹出現得實在太突然，讓你毫無心理準備。但也就是因爲猝不及防，你彷彿從生命的深處一般，發出了那個聲音：「臘葉。」但聲音過了之後，你反而很覺得訝異，因爲你已不知有多少年沒用過這個詞。它早已折翼掉落在你記憶的最深處，理應很難再浮出生活的表面。

童年時，你和其他孩子若看見鷹，便會抬著頭「臘葉」「臘葉」叫著，但不一會兒就會沉寂下來，敬畏而目不轉睛的看著鷹緩慢的盤旋。鷹總是飛得那麼高，讓人感覺到天空眞的很高。但那種高是動物高飛的高，是你可以感覺的高，而不是飛行機的那種高飛，讓人已經不相信跟人是有關係的。

不知道什麼時候牠就完全從你的生活裡消失了。但你並沒有注意到，因爲牠飛得是那麼的高，那麼優雅自在，許久才繞一個大圈子，若不抬頭常不容易注意到牠的存在的。但牠就是這樣飛出了你的視線，直到那天你再一次抬頭，才意識到，許多年已經過去，而牠也面臨了絕種的命運。

然而，牠的命運對你而言，還不只是生態的議題吧。而是關乎你開始想像飛行。印象裡每次看到鷹，都見牠從高大的礦山背後飛出來，然後在你們的上空盤旋不止。牠那麼優雅自在的緩緩盤旋著，比任何飛禽都像在飛行。你們望著牠出神的同時，似乎有什麼東西輕輕的飄出了你的身體，朝著臘葉的方向而去。彷彿那是一種儲存在基因中的記憶，一種關於飛行的遠古的記憶。

有臘葉的童年常常夢見自己會飛，一邊跑、一邊把手當翅膀搧著搧著，就飛了起來。到了天上後飛行的感覺是平滑而順暢的，沒有稜沒有角，只有與空氣溫柔的擁抱與摩娑。那種飛行的感覺，就是你想像中鷹飛的感覺。

但這遠古的記憶幾乎因臘葉的消失而復歸了遠古。慢慢的要許久才會夢到一次。但即使如此，醒來都要怔忡許久，不相信方才的飛行不是眞的。

然而，就在再見鷹飛而驚呼臘葉的刹那，那短暫的聲音又喚醒了童年喊著臘葉二字時，心中對飛行的神往。那時呼喚臘葉，直如呼喚飛行。臘葉是你語言上幾乎遺忘的本能，飛行則是在夢想上你幾乎遺忘的本能。

普魯斯特寫食物的口感可以喚醒深埋的記憶。早已忘記的康伯雷夏天的童年，可以因爲瑪德琳糕與茶在口中的相佐的滋味，而如湧泉般再現。聲音竟也是可以的。臘葉帶著你回到了小鎭的童年。在窄小的撒著煤渣的街道上，一抬起頭你們又看見了臘葉。牠優雅的盤旋著，不沾一絲灰塵、不拘任何儀節。礦山的呑吐、海的洶湧、人的困頓……都與牠無干似的。牠只是盤旋與等待。但牠等待到了什麼呢？

那麼美麗的關於生命的暗喻，在現實中畢竟是無法容身的。優雅飛行的結果竟是進入了無名而黑暗的歷史。那麼，方才牠突然在你生命中再次短暫出現，又意味著什麼呢？

你打開窗，努力探出頭去四處張望：青色山脈與藍色天空中間，沒有一絲塵垢，除了一條隱約的飛機雲。那必是臘葉消失的所在了。

# 遠征軍

第一次注意到軍隊經過你家附近，你還不到八歲。

軍用大卡車、中型卡車、吉普車，停在校門外一字排，綿延不絕。精壯的漢子準備在學校裡紮營做飯。在來往於軍車與校園之間的人群中，你可以聽到各種各樣你從來沒聽過的（後來知道是各種外省的）口音。附近的居民都紛紛走出家門好奇的觀看，較見過世面的（多半是受過日式教育的）鄉公所職員和家眷，更是自在的與軍人們攀談起來……

你也跟著好奇的在卡車旁徘徊；軍車有一種特有的威嚴，讓還是孩童的你深受震懾。走到一輛中型卡車旁時，突然被一位高壯的軍人叫住。「小朋友，要不要開軍車？」軍車有很大的輪子，踏板極高，小孩子要使很大的勁才爬得上去。你仰著正在猶豫，那軍人已一把將你抱上駕駛座……「要到哪裡去？」他問。「我要到……」你還在想著，他已接下去：「哪都能去，你看——」他把車子猛的發動了。引擎開始大聲喘息起來，不容置疑的蓄勢待發著，儼然隨時可以直奔遠方。他把你的手放在方向盤上，與你一起把方向盤左右猛轉，並大聲吆喝著：「我們去遠征囉！」你隱約知道遠征是什麼，心頭也忽的擂起了戰鼓般——你也要去遠征。你抬頭看到那軍人滿臉昂揚的神情，心想那就是遠征軍的英雄面貌了。

隔日你又到原地去找那軍人，他居然也一眼認出你來，又把你拎上車，玩了半晌，之後，他對你說他們今天就要走了，希望日後能再看到你，記得這期間要好好讀書，不能像他一樣。你看看他有點不明白他最後說的話。像他有什麼不好的呢？

移防的車隊轟隆轟隆的上路，花了一會兒工夫才全走完，空蕩蕩的街上最後只剩下一些灰塵與汽油味。你佇立在原地有一陣子，仍在咀嚼他最後那一句話。

後來你從住隔村的同學那兒知道，在你們兩個村子之間的沙丘地帶，有一個軍營。對小孩子來說，離市街還很遠，偶爾才會看到軍人上街，說話總是帶著很怪的口音。但你們已經因此而不知從哪兒學來了這首兩句歌謠，見到或沒見到軍人一天總要念上幾次：「阿兵哥，錢多多，買魚買肉吃踢跎。」你開始注意到沙邊上的坡地有碉堡隱藏在草叢中，據說有阿兵哥守在裡面。你也偶爾聽得懂父執輩的言談中提到戰爭。你對戰爭的想像於是愈發高亢起來，不過你似乎從來不願去意會那些言談中所夾帶的憂慮，反而只是不斷強化著童書中對戰爭的簡單描寫。

兩年後有一天你在海邊玩耍時，竟意外看到那名軍人。你高興的迎向前去時，卻發覺他少了一隻手臂。他看到你時確實仍是高興的，但神情顯然是無法開朗起來。你無知的問他怎麼了。他說：「沒什麼，一顆未爆彈。結果又莫名其妙爆炸了。」

你知道他調到了你們這邊的海防部隊。你曾再看到他幾次，但他始終都鬱悶著。之後，又再調走，你們就失去了聯絡。你從不曾再看到當初他那遠征軍的神情。

又過幾年後，海邊的碉堡逐漸傾斜廢棄，海防的哨衛也不再有那些特異的口音。甚至連在海灘上淘洗鐵砂的退伍軍人都不再出現。只餘下那些帶著許多黑色紋路的大坑，留給孩童用磁鐵玩鐵砂用。遠征軍的年代也在你的生命中消失無蹤。

# II

## 航向加德滿都

異國飄忽

# 她假裝是人類

合成人：她想要成爲人類的企圖一度把我給唬住了，艦長。
皮卡：她是很特別。
合成人：事情的發生有如電光石火。但對我而言，那已是永恆。
皮卡：到底持續了多久？
合成人：〇・六八秒。

每當故事結束的時候，合成人的感歎也就是你的感歎：她曾經那麼接近我對於「人類」的想像，然而她終究不是人類。你走出電影院，放眼紐約街頭，人潮洶湧，到底誰是「人類」？你不免要問。初抵紐約時，在這個龐大而人口眾多的城市中，你油然有種無法抑遏的孤寂感。似乎別人都已找到了人類的祕密，知道如何識別人類，也知道如何參與人類的世界。唯獨你，被排除在人類之外。

你彷彿是初完工的合成人，用心的學習著每一個人類的言行，並期待著有一天，你也能成爲徹頭徹尾的人類。

其實每到一個大城市，你都必須經過這道成爲人類的考驗。直到有一天，你自己終於成爲鑑別人類的專家。並且變得自負而專斷。當然，那個時候，你已經不再意識到你曾經「學習」過辨識人類這樁事。更忘了你曾經「學習」做爲人類這樁事。

然而，你到底是如何鑑別人類的？

你沿著島的西邊走，可以看到赫德遜河的對岸，林表似乎有什麼鳥類飛過，你直覺得是鷺鷥。你突然想到S。那個陽光燦爛的下午，你們像此刻的你一樣沿著河畔安靜的散步，同時確定一切到陽光消失時便該結束。之後她給你寫了最後一封信，裡面有這麼一句話：「我一定會等到MAN。」你不禁啞然失笑。這麼多年來你不也一直在等待大寫的「女人」出現嗎？

女人要成爲人類，必須先能成爲「女人」，正如男人要成爲人類必須先成爲男人一樣。就愛情而言，是不是人類，尤其茲事體大不可稍有差池。愛之所以來到，便是因爲你發現了那人竟然是人類！那人竟然切實符合了你對女人的期待與要求。雖然你說不出標準是什麼，但你可以一眼看出，甚至於老遠嗅出，她是人類。那非常之罕見的品種。所以，當你發現她的時候，才會那麼激動。眾裡尋他千百度。原先其實只是不抱太大希望的在芸芸眾生中蹉跎著。如今竟然就在一轉身之間撞個滿懷。

若干年前你第一次走過聖派屈克教堂時，看見坐在教堂前看鴿子的那名應該不是中國人的東方女子；那時候，鴿子正從她身旁撲撲飛起，你在她身上看到了人類的影像。那人不折不扣正是你心中大寫的女人。

在伯利克街的胡金銓電影座談會上，她則是那個眼神堅定的長髮女子。她對台上的你問道，為什麼東方女人都被描述成……。會後你們在紐約街頭繼續走著聊著，彷彿紐約就像人生一般是無止境的。但你看著她紫色的細跟小靴一起一落，知道她長年跳舞的足踝也會有疲倦的時候。那一刻，在你眼中，她也是那大寫的女人。若干年後，你在電影《喜福會》裡再看到她。你雖然知道她因腳傷而改行演戲，但眼見當年的那一刻已消失無蹤，你還是不免有點詫異。

而她則是畫家的女兒，在 party 上遇見。離開紐約後不久，你在西岸收到她字跡工整的來信時，你深知她是個純真的小女孩。你沒有回信，但你把她的信收好，也不為什麼。若干年之後，你在報端得知她嫁回台灣，並在廣告中看到她。那時候，你一眼看出她已經不再是個小女孩，而且即將不快樂。有那麼一剎那，似乎有個大寫的女人在什麼地方影影綽綽。你也有點詫異。

從無中生有，從人類而非人類，從非人類而人類，此中的原因何在？

《追憶似水年華》中史汪的戀情也許能對你有所啓發。史汪的品味極高、閱歷極豐，卻不可自拔的愛上了一名庸俗脂粉。但原先他與俗氣而貌美的歐黛來往時，始終在內心對她極盡挑剔之能事。一直到有一天，他在無意間看到有點倦容的歐黛，聯想起一幅名畫中的女主角。從此，他們的關係開始出現了戲劇性的轉變。不爲什麼，只因爲在某一剎那，她符合了史汪對人類／女人的想像：

史汪責怪自己對這樣一個連偉大的（畫家）波提切利也會讚美不已的女子，竟然至今未能給予應有的評價，但也很高興的知道，他見到歐黛時的喜悅，已在自己的藝術涵養中找到了堂皇的理由。他告訴自己，把歐黛與自己理想中的幸福美夢聯想在一起，並不意味自己確如先前所想，只是找了一個不夠格的人將就將就。因爲她確能滿足他在藝術方面最精緻的需求。

但是你或史汪到底是如何辨識（或者誤識）這些的呢？

你已懂得辨認人類，但你也變得焦躁而患得患失。因爲，每一次事實都證明，那人終究不是人類。只有非常短暫的片刻，她露出了人類的面貌。不過你卻永遠記得那一刻，即使短暫得只有〇・六八秒。在那一刻，她雖是假裝(simulate)人類，卻是如此的逼眞與動人，讓你不得不爲之神魂飛揚。因爲你是那麼容易被感動，因爲你純眞一如初曉人事的合成人。

然而你不就是合成人嗎？你何曾是個人類？你只是學會了做一個人類。而且在很多時候，你也仍然是很不人類的。而你之所以能判斷別人是否是人類，不就是因爲你學會了判別的標準：你知道了什麼叫做女人——什麼是生氣的女人，什麼是嬌嗔的女人，什麼是可以來往的女人，什麼是該敬而遠之的女人……。

但即使如此，你還是常常看走眼。佛洛伊德說過，男人有女人活不下去，沒有女人更活不下去。woman 即是 woe to man 的說法，更已不知流傳有多久。這麼多年來，你開始有點相信這些了。然而，難道你忘了「女人並不存在」這句話嗎？而且，更重要的是，難道你不知道自己是合成人嗎？

夜深時的紐約街頭，市聲也會漸漸沉寂。一切關於辨識與誤識人類的種種紛擾，都會暫時平息，等待明日新起的因緣。但你深信，白日已發生的這一切斷然不是你的故事，而是別人的。你不會是故事的一部分。因你是眞理與道路，並相信人類的存在。

# 在無人的海岸

你們駕車沿加州海岸北上，你應該趕路的，卻不知道爲什麼決定在那個地方轉彎，岔入了一條應該是通往海邊的路。北加州海岸的海水太冷，不適宜泅游，偶爾才會有人在沙灘上戲水。所以一般而言，海岸是蕭索的。你雖然深知如此，卻仍然往海邊駛去。也許在那一刻，蕭索的海岸對你發出了深沉的呼喚，也說不定。

R呢？她是山裡長大的。她喜歡森林。不過以前一度是北一女游泳校隊的她，對海也不陌生。但是她與你一起往如此蕭索的海邊駛去，也似乎不免有點的不安，彷彿海在這一帶擁有了一種異常的生命。

你們已經遠離了 Carmel 那片平靜且潔白得出奇的沙灘，遠離了 Monterey 的那個停滿遊艇期待出航的港灣，也遠離了 Santa Cruz 遍地的陽光，進入了不可預測的領域。

進入北加州以後的這段海域全無人跡，你卻隱然覺得旅程開始緩慢下來。你有一種模糊的欲望，想從一號公路上不斷的岔出去。想遇到一些讓人分神的事。你期待的是那種屬於鬧市的，可以經由人與人的摩肩擦踵，而使人與人隔絕開來的事。

但是你岔出了大路之後，卻發覺這一帶連海也是安靜的。除了微風輕輕撲打在車窗上。

你側首望了望R。從她那有點童稚、又有點漠然的神情，你知道她有心事。

長途的旅行使你們開始覺得有點疲倦，並且漸漸對彼此感到陌生。雖然在生活的細節上，你們開始愈發彼此熟悉、彼此依賴。事實上你們有點太接近了。雖然目的地並不明確，但你暗自覺得旅程似乎有些困頓起來。

你們彼此都可以感覺到這種沒有說出來，卻已充滿空氣中的緊張。然而隨著困頓感的愈發濃重，空氣中也開始醞釀著某種莫名的鄉愁。你們已經走過了許多地方。鱈魚角、聖璜島、西鑰群島、天使島。這塊大陸的每一個角落你們都留下了一些特殊的記憶。但這些記憶彷彿都與當下無關了似的。

而且，不就是因爲走過了這許多地方，你們才會在這個海邊開始躊躇？你不想結束這趟旅程，但也似乎無法再往前走去。

你知道這一切和永遠有關。如同這趟旅程一般，你們不知道永遠意味著什麼？旅行確實是必須到達終點的。然而事實上迄今你們也還未確定旅程的終點該在何處。

是前路的不確定使你們一路上話漸漸變少嗎？或是你即將返台，而R還有未完成的學業，以及無數個留學生的舞會？但這些都不是眞正的理由。

「永遠」與生活的關係才是。永遠必須如何儲藏，才不會被生活摧折？你看看她，覺得她心中必然也想著同一件事。

車開始下坡，已經可以望見海灘。你再次側過頭看看她。想像她此刻身在人群中。你想起你們在她赴日受訓時相約在福岡火車站見面；你從本州過去，她從南邊上來。你已經在日本孤獨的走了許多地方，在旅途的尾聲中，你熱切的想著她。在火車站的大廳，你一眼就望見她，隔著重重人群。眼神卻是那麼明確的溫柔而包容……

那年冬天，你們約好去看紐約的那個中世紀的寺院。說好在紐約中央車站見面，她從哈佛南下，你從普林斯頓北上。你卻遲到了一個鐘頭。下了地下鐵之後你一路狂奔，從地下道一冒出來的時候，你也是一眼就在人群中望見她。神閒氣定的等待著……

在人群中，你必須有她。

但是，你眞的那麼期待人群嗎？你不喜歡孤獨的相處嗎？

海邊不但沒有人跡，而且意外的飄浮著薄薄的一層霧氣。雖然時節不過是夏末，爬滿了石南的沙灘兀自有種抑鬱的冬天的味道。

下了車，她逕自往海水邊走去。她穿得寬鬆，風卻把她雕塑得清楚。尤其是她的髮。

她走入水中後，回過頭來望了望你這邊：在那一刻，她的長髮在海風中翻飛著。側影在夕照中使你想起了許多的典故：費里尼的《甜蜜生活》，喬艾思的《一個藝術家年輕時的畫像》……當然還有她自己，在南加州的海邊，這趟旅程開始的時候。

你朝她走過去。那似乎是好長的一段路。到她身邊之後，你輕輕抓著她的雙肩，吻她。

她有點涼意的肌膚在風裡，仍然是那麼飽滿。不過她的神情有點牽強。她仰著臉，仍然是一貫有點童稚、又有點漠然的神情。風吹在她那一頭蓬鬆微捲的長髮，更顯出她心事重重。

就在這個時候，在飄著霧氣的沙灘上，突然有一名金髮的約十二、三歲的女孩騎著白馬快跑經過。在那一剎那間，她突然緊緊的握著你的手。你知道她也看到了。那一幕是眞的。而且唯有你們看到，也唯有你們會相信這一幕是眞的。在萬千的世界中，在無盡的可能性中，唯你們兩人目睹了這一幕。

離開北加州的前一個晚上，你們夜宿在某個印地安人的舊營地。這附近早已沒有印第安人的蹤跡，不過關於他們的傳說這麼多年來並沒有消散過。此地的印第安人相信有一種海的精靈，只會賜予而不要求回報的海的精靈。他們常在看來無人的海灘出現，一旦有人看見他們，只要提出要求，他們就會賜予。

「那一定是海的精靈。」吃晚飯時，她隨口心不在焉的這麼說，眼光並沒有投向你。但終於流下了淚水。你沒有接話，不過心中突然有種輕鬆的感覺：你知道，兩人之間的僵持已經過去。

那一夜，你們緊擁著入睡。夢中你們同時看見一個皮膚白皙頭髮烏黑的小女孩騎著白馬在海灘上飛馳而過。你清楚的看到，她長著R的眼睛和你的鼻子……

# 暴風雨後，夜半聞笛

暴風雨之後的夜裡，突然聽到笛聲。有點像中國笛子，又似乎頗爲異國情調。樂音飄忽不定，讓人分外想聽個分明。去國以來一直都不曾有過鄉愁的你，也好像受到了些許誘惑。樂音是從宿舍的陽台上傳來的。你循聲找去，最後發覺是斜對門才失戀的印度朋友。從來沒有聽過他吹笛子，在這樣的夜裡，尤其讓人好奇。問他怎麼有這雅興，他說，巨變之後嘛，需要定定神。你示意他繼續，沒再說話，只是專心聽著。印度的笛子音樂有些許中國味道，但更婉轉些，更曲折些，難以捉摸更是大異其趣。與西方長笛就完全無干了。在這風雨未遠的夜裡，這樣的音樂似乎定神的作用不大。但又別有一種道理：音樂中聽得出一股對無常的抱怨以及對永遠的嚮往。

但誰能預測風暴的來到？誰不抱怨愛情的無常？《plaisir d'amour》（愛之喜悅）這類的歌所訴說的，一定是愛之喜悅朝生而暮死。就是因爲如此，匹葛美梁（Pygmalion）的故事才會流傳千古。某國王匹葛美梁對女性從未動情，卻愛上了自己雕刻刀下的女性雕像。一個什麼女人也看不上眼的人，何以愛上了雕像呢？因爲別的女人都是會變動的。他不是不愛女人，只是不愛會變動的女人。他把雕像的一切都設計在女人最契合他想像的剎那。在那凝著的瞬間，他如何能不愛上她？在那一剎那，他進入了黃金打造的愛情國度；在拜占庭的故宮裡，在希臘的陶瓶上，所有的激情都永恆的停留在最美好的時刻；無常被永遠摒除在愛情的門外。

但匹葛美梁的故事畢竟是神話。而且，愛情的「永遠」與「永恆」並不是同一件事。人間男女當然優先要獲得永遠。初戀的少男少女，對此尤其義無反顧。因爲在他們對愛情的想像中，愛情理所當然的就是永遠，那裡容得下變動？這樣的理所當然來自於對愛情最素樸的一種看法：一切都很單純直接，只有心與心的接觸，由不得雜質滲入。既然是心與心的接觸，愛就必能永遠。

少年的愛往往不堪風雨摧折，正因爲他們的愛情不但一樣有雜質介入，而且這個雜質根本就是他們依樣演出的藍本。和成人的情愛關係所不同的是，這個藍本又太過簡單。然而，人一旦被寫入了簡單的藍本，對文本控制往往渾然不覺，遂特別容易信以爲眞。於是，少男少女的愛一被喚起，直覺得恍如死生相許。但是，心，是難得與心接觸的，而且敞開的心房擁抱粗糙簡單的藍本，特別容易傷心。只是，少年為愛傷心與成人不很一樣，他／她是因爲沒想到永遠竟不存在。

初戀是人生第一次經驗到愛的「無常」，了解到愛是「無法控制」。無常使人意識到，愛情中摻入了大量的「雜質」，而不完全是心與心的接觸。甚至多半時候心是深深的藏著，不輕易示人。乍看是交心的時刻，其實多半只是演出順利。於是，初戀讓人驚覺愛情中竟然有遊戲的成分，使人不由得世故起來；更有人震驚之餘，從此認定愛情只剩下了遊戲。既然是遊戲，必是按某種規則進行，也不得不論輸贏。於是，只贏不輸（使「無常」不會對自己發生）就變成了愛情的主旨。要贏，就要嫻熟規則、學會控制。這樣的愛情態度，看似不再役於文本，而是在耍弄文本，但在耍弄的過程中，其實是更深陷於文本的流沙中而不自知。與心的接觸已毫無相干。

此後，成人的愛情遂進入了一種弔詭的發展。一方面對愛情的遊戲性有了更多的了解，但也更不能享受愛情。戀愛中的男女，若太精明了，往往已不似少男少女般想要維持永遠，反倒是在預期變動的來到。愛情成了控制對方的企圖：為保護自己，而玩弄對方於掌股。有趣的是，用各種方式進行控制之後，心中對被控制的渴望反而會更形強烈，也渴望被更強大的力量控制。誰不想要能再「好好的談場戀愛」？享受一種不是遊戲的愛情？像初戀一樣單純，一樣不控制或被控制。

黑格爾論主奴關係時指出，主似乎佔盡便宜，實則最後的勝利者竟是奴。奴因爲眞正的在工作而成爲實踐歷史的主角。如此說來，主奴關係若不輪替，主就會成爲空洞的征服者。最後還是把歷史交回到奴的手中。人在情愛關係中，隱約也體會到這個道理，而不會永遠甘於做主或奴。

所以，喜歡控制與喜歡被控制都是有道理的。處在控制的地位，是征服者，一切盡皆可知。處在被控制的狀況下，則一切都在未定之天，有探究的喜悅，更可以期待最終的酬報。愛情往往就在可知與不可知之間，徘徊不定。

「可知」即是欲望的終結；有「不可知」，欲望才能重新啓動。就在這一刻，人生也重新開始。〈初戀〉這個故事可以印證上述的控制論。當我們看見少女西黛娜把四五個男人耍得團團轉的時候，我們知道，這些男人早已經出局。他們只是一個日復一日的遊戲中的角色。唯有在這個遊戲之外的，不願或不會被耍弄的，才是她欲望遙指的遠方。她對那些圍繞著她的男人說：你們都是既高貴，又聰明，又富有的紳士，你們圍繞著我，你們珍視我所說的每一句話，你們都願意犧牲自己的生命投在我的腳邊，我把你們掌握在我的權力之中。……但是外面，在那潺潺響著的噴泉旁邊，正站著一個人在等待我，這個人，我愛他，他把我掌握在他的權力之中。他既沒有華貴的衣服，又沒有戴什麼寶石，也沒有誰認識他，但他在等待著我，而且他深信我一定會去的——當我到那裡去時，誰也不能攔阻我，我會和他一起在那邊，並同他在這黑暗的庭院裡，在這林聲蕭蕭、水聲潺潺中隱去影子……唯有在遊戲外的，「窗外在黑暗的庭院中站在噴泉旁邊的那個人」，才有可能是眞（誠的）愛。因爲，唯那人能控制她。

嚴格講，在〈初戀〉這個故事中，其實有兩個人是在遊戲之外的：父親與兒子。但就控制而言，少年的魅力是無法與成人比較的。豐富閱歷提供了黝暗的過去，才能形成可資發掘的未知，也才有使人願被控制的魔力。少年在愛情的神話中所象徵的是全然的「不變」、是通體的透明。如此終極的「有常」雖是愛情追求的目標，卻通常無法刺激愛情的追求。「有常」不能來得太快，除了對經歷過太多變動的人而言。

追求黝暗與不透明，其實也就是期待未可知，包含了變動在內。但尋找不可知所爲何來？不就是爲了化黝暗爲透明、化不可知爲可知？所以這種追求本身已經隱含了化變動爲永恆的壯志。但更誘人的，或許是過程中的可能性：「單純的」接受暴風雨再一次的蕩滌？在平靜清朗的日子裡，一切都是透明的，終究是要變得乏味起來。然而，夢中那種全然的風暴，卻必須全然敞開自己，放棄操控，回到少年、甚至小孩般的透明，才能發生。那麼，對成人而言，這種不設防的透明是否已成了奢侈且難以想像的（神話）了？

聽不膩嗎？印度朋友突然問道，一邊放下手中的笛子，手指因爲長時間操控笛子，似乎有點輕微的顫抖。遠天已完全看不到暴風雨留下的痕跡。

怎知道明日不會再有風暴呢？你回答。

在這一刻，你是寧靜而無憂的。

# 那本被借走的不知名的書

在哈佛老舊而毫無章法的圖書館中，七轉九迴之後一個略微陰暗的角落，你看見了她。她佇足在某一架書前，拿著一本書端詳良久。因爲低著頭，她棕色的長髮垂了下來，隱約遮住了半邊臉。頗爲合身的黑色無袖連身裙，在微弱的燈光下有點反光。你直覺她的眼睛是棕色的，有著地中海印歐人細緻的輪廓。

你已經很久不被表象所吸引。但你很訝異她會在這一架書前逗留。這一區是德國文學，你猜想著她聚精會神的看著誰的書？

最後，你看到她拿著那本書走了。你走過去站在她方才佇足的地方，往前看去，書架上正好空著一本書的位置，你有點悵然若失：她拿走了你最想要借的一本書。雖然你並不知道是哪一本。但那一定是你想借而一直沒有借的。你一定得查出是哪一本。

那天晚上，在維爾街二號寄居的舊屋中，你突然間意識到了這幢內外樣貌都有如城堡般的舊房子正從四壁不斷的滲出綿密的古意，一時覺得長廊裡似有無數往事的回音，在午夜時分讓人油然有種斯人獨憔悴的寂寥。幾番試圖入睡不成之後，你起身扭開收音機，正好傳來西妮．歐康諾的歌。I don't want but I haven't got.（「我不要，但我沒有」）。居然是一個不合文法，但寓意不落俗套的歌名。你沒法相信她能唱出這種歌來，同時，也因爲這首歌，她那包括理光頭在內的各種矯情舉動，都獲得了你的諒解。而且豈止諒解而已，在那一剎那，你在驚異中愛上了她。不過腦中浮現的影像卻是圖書館的黑衣女子。她依然垂著頭，但歌聲確實來自於她。

在歌曲結束時，主持人重述了一遍歌名，你短暫的愛戀也隨之夭折。這首歌眞正的名字其實平庸無奇：I don't want what I haven't got.（「我不要我沒有的」）多麼平庸的矯情。此後，城堡的夜，顯得更寂寥，更讓人覺得沒有著落。一切都來得如此的突然，也消失得沒頭沒腦。幾乎沒法確定到底發生過沒有。

你想起她借走的那本書。你明天就要去查清楚。

但你能了解爲什麼那首歌名讓你戀愛。那是一種情境。不早一刻也不晚一刻，不在別的任何所在，她說出了那句話，穿著那件衣服，那樣甩了一下頭髮……。就像有一天你在查爾斯河邊呆坐著，初夏入夜未久時的微風沒有緣由的纏了你一身，你幾乎快睡著了……突然眼前出現了有一艘鵝黃色的帆船。彷彿看到船上有一名女子，長髮在夜風中飛揚著。她使你隱約想起了什麼……。

這樣的一刻，或天崩地裂，或只是雲淡風清，惟眼前都會出現一條曲徑，隱隱通往未知卻又似曾的幽然所在。有時候你努力回想，試著溯源而上，看看能否找回那久遠以前失去的什麼。彷彿，你坐在史丹佛大學教育學院旁走廊的護欄上，心不在焉的看著某人的詩集，眼角突然勾見一名亞裔的少女，白色的無袖恤衫和卡其短褲襯托著她健康的膚色，腳上穿著一雙白色的、一直綁到膝下的羅馬鞋；她正走過有哥林斯風的麥爾圖書館前那片茂綠的草地。其實，你平常並不特別在意健康的膚色，但是那一刻，你想起了什麼……再往前，覺得是有關某年夏天：小學畢業典禮的次日，你騎著自行車到了野柳，那時候你在艷陽中從山坡上往野柳快速滑行，兩旁是鮮綠的夏日的山色，前方是碧藍的夏日的海水，你放開雙手……你還想往前追索，但終不可考。

生命中最最原初的那一刻也許已永遠失去，相認的那一刻卻始終銘記在心。即使時空都已模糊，你們仍然不捨最初的感覺。追憶愛情的往事，多半都鍾愛與最初的那一刻相連貫的各個片段。

愛情的悲喜劇若沒有這種不捨最初的癡情，若沒有這種一廂情願的連綴，如何能演得下去？雖然，那一刻早已如史前的神話黃金時代一般一去不返，戀愛中的人仍然不斷尋找各種途徑，用盡各種心思，試圖回到那一刻的情境，試圖在對方身上找回她／他曾經揭示給你的天國。那一剎那也許短暫，卻是千眞萬確呀。如今她／他爲何又將它藏匿？甚至於在愛情早已殘破不堪的關係中，偶爾想起最初的那一刻，還是萬般不解的迷戀著。

不過，若說最初的那一刻竟是來自於美麗的巧合，要是沒有這樣的巧合，愛情如何能開始？她／他若不能讓你想起什麼，你會愛上她／他嗎？想是不大容易。不過，愛情仍然無日不在發生，因爲美麗的巧合無時不在發生。每天都有千萬人意識到有人令自己想起了久遠前的什麼。雖然沒有人眞正知道，她／他到底使自己想起什麼，但「想起什麼」的感覺——而且必然想起了什麼「想不起來的什麼」——則是愛情獨一無二的觸媒。許多巧合旁人看來並沒有那麼「美麗」，然而，在那當下，美麗與否又豈容他人置一詞？

這好比天下所有的人都聚集在一座城堡中。每個人選取的都是不同的角落，每一個角落卻都是美麗的。因爲城堡是陳舊的。它雖然已是那麼的陳舊，陳舊卻又是它的魅力所在。陳舊讓人覺得一切都彷彿「似曾相似」，在明信片上，在旅遊手冊中，在某人書房的牆上……。陳舊也讓人覺得它深不可測：它黝暗的過去，似乎在在都預示著明日的即將來到，及明日的無法預知。城堡是如此的令人暈眩，一如愛情。

那麼愛情的城堡是否有可能從中出走呢？比如說，你扭開收音機，或走進圖書館。一扭開收音機便傳來了那首歌，在圖書館中轉了兩轉，便意識到有一本書必須要借。也許你離開這一切，奔向無人的曠野？在曠野的盡頭某個水草豐美的河灣，必然有城堡矗立。門是敞開著，裡面每個角落都躲著人，卻彷彿空無一人。你無意識的走進去，覺得這是一座獨一無二的城堡。

你推開房間門，穿過長廊，走出城堡，悵然來到查爾斯河邊。你只見過一次的鵝黃色風帆，此刻不知在何處熟睡？若能再見，你未必認得。唯在記憶中，它是你完美的第一次。你在夜風中呆坐著，一直到夜深，直到鵝黃色風帆、黑衣女子、白色羅馬鞋、綠藍色野柳，以及更久遠以前的種種，都融成了一片無法言喻的朦朧風景。

翌日，你去圖書館查過，那個空格原先並沒有書；那本你一定要借到的不知名的書並不存在。而那個被你錯認的歌名你始終記得：我不要，但我沒有。

# 博多夜船

你們在福岡火車站打了許多通電話，結果發覺這個城市已被某個工程學會佔領。所有的旅館都已經客滿。在有點無措的情況下，最後還是R向借地圖的書店老板致謝時靈機一動：要不要往回走，到八幡過一夜，明晨再回福岡？你們問到了一座在山坡上的日式「旅館」。於是，你們便搭上了黑夜中駛往八幡的火車。

與R旅行給你一種奇異的安定感，幾乎有點不像在旅行。你猶然記得你們那年南下西鑰群島的旅行。車進入 Key West 的剎那，你突然有一種想與她同往世界盡頭的衝動。這樣的一剎那有種龐大的驅力，直叫人往後一生想就此決定。夜色已然把整個西鑰的海面籠罩。你卻能清楚的看到R在西鑰的盡頭等著你。事後回想，「西鑰」可以說並不存在。這個地名其實是因誤讀而來，key 在這裡並不是 key 的意思。但命運不總是從誤讀開始？進入西鑰彷彿進入命運的開端。

在進入 Key West 之前，你們已經迷了許多次的路。在美國開車已經好幾年，居然仍舊會在公路的網罟中盲目流竄、苦無出路，讓你覺得有點無法置信。你因此愈發的焦躁不安。或許是你不習慣這麼多人一塊兒旅行吧？

你向來覺得旅行屬於一個人。大概就像許多年輕人一樣吧？你相信旅行的目的不在於分享；你必須獨自進入未知。對你而言，旅行有點像是把自己滌清的過程：在一次又一次與未知的接觸中，讓自己身上背負的行囊丟個乾淨。

但常常你醒來時，會聽到陌生的壁鐘的腳步，沿著牆面來回逡巡。更遠處，傳來似乎是某種宗教高亢悠遠的「呼拜」長吟。夜已經滲入了房中。你的被單傳來輕輕的迷迭香味。然後溫暖的蛇的肌膚緩緩滑過你身上……

醒來時也可能不是這樣的印象。但總是無止境的夢境。在一次又一次把自己的外殼剝除的過程中，你任由夢境在你赤裸而柔軟的身軀上鐫刻。在不知不覺中，原想完全不留痕跡的你，也留下了你異於常人的生命的軌跡。

但不懂得爲什麼你會接受這種多人一起出遊的安排。你開始意識到迷路這件事，並爲之感到焦躁。而且，駕駛座旁的座位上有人坐著。雖然R坐在你身邊的時候，話並不多。

正當你們如旋轉木馬般深陷於佛羅里達日漸增長的無趣中時，R隨口說了一句，「我們也許應該買個地圖。」你這才覺得回到了現實，停止了與某種幻覺的掙扎。你感覺到什麼東西放開了你的衣袖。你猛的往後視鏡中看去，平直的公路上似乎有些什麼晶亮的物體急速的在夜色中後退。

離開西鑰之後，她給了你一個綽號「迷路王子」。你開始與她一起旅行。兩個人一起旅行是很不一樣的經驗。她常常放日本歌的錄音帶。你小時候經過那個漁村裡的商家時，聽到過太多的日本「演歌」，使得你一直認爲，日本的流行音樂是不忍卒聽的。但R改變了你對日本流行歌的印象。你開始可以淡忘那種「演歌」在年少時加諸於你的禁錮感。你還是沒法消化中島美雪者流太接近演歌的唱腔。但R最喜歡的五輪眞弓，的確在某些時刻使你感動過。漁村給你的日本記憶也漸漸有了層次。你想起了在某個奄奄一息的下午，你在冰果店看到的那張唱片上的幾個大字「博多夜船」。在燥熱的夏日午後，你竟然覺察到了一絲沒有來由的沁人心肺的涼意。你模糊的意識到，雖然日本歌必然是不堪聽的，日本卻也可能是美好的。於是，你心頭湧出了一種前所未有的欲望：你想親眼一睹被那種音樂所淹沒的眞正的「博多夜船」。

這就是你們來福岡的理由吧？但由於是R重新爲你發掘了博多，竟使你覺得來福岡也是為她而來的。

但此刻，你們方才好不容易來到博多，卻又立刻被一大群來自日本各地的工程師驅離。這原是你們計畫在福岡停留的唯一的晚上。要離開到別處過夜，心中不免有點遺憾。你對「博多夜船」的想像並不怎麼具體，但畢竟回想起來是尋找經年的。但火車已經緩緩駛離了這個其實已經不再叫博多的城市。

在往八幡的夜車上，車廂內空無一人。火車沿著海岸蜿蜒而行。你望著R，車廂內的燈火忽然熄滅。R在隱約的夜光中，彷彿隔著許多年光……你突然覺得看到的是多年後的她：居然絲毫沒有衰老，但已然熟悉得有如你自己心頭的紋路一般。不過，在熟悉中她仍然如多年前一般，隔著老遠，在世界的盡頭召喚著你。

她是這樣呼喚你：「來到我這邊，來到黑暗中……。」你仔細傾聽，但就是有幾個字未盡清楚。於是你決定向她走過去。你隱然覺得未知的生命似乎全然屬於了一個人，一個必須花一生的時間發掘的未知。

對她有這種想像讓你有點不安。對於這樣的想像冷不防已然再次成形，你更感到極端訝異。這個對日本人而言是南國之門的博多，對你似開啓了另一種國度的祕門。

這時她舉起手指著遠處說：「那些就是博多的夜船了。」那應該是日本海的水域果然有些船隻，在夜色中悄悄亮著燈。你意外的在被逐出博多的路上看到了博多的夜船。不知它們在海上做些什麼？你心中突然問道。其實對你這個漁村長大的小孩，這何嘗是問題？但此刻你是爲著一個想像而來的。你免不了要問。

就在你試圖確認自己的想像時，你注意到了R也專注的看著窗外。她是否也正爲夜船而出神呢？記得她有一回特地拿著五輪眞弓那首法文發音不怎麼標準的《L'Ecrivain》問你歌詞唱些什麼。你解釋完之後，她有點自言自語的說：「作家，難怪我一聽到這首歌就迷上了。」你不免猜想，她毫無怨尤的隨著你四處遊蕩，是不是因爲她深信你是個作家呢？也許是你那種頹唐無序讓她有了這樣的想像？而她是否也在你身上發現了一種無止境的未知呢，一如你在進入西鑰的時候，突然發生的關於世界盡頭的想像？博多的夜船在平靜的日本海上，有如在時間的縫隙中，毫不爲人世的擾攘與不安所動。

……

你最後並沒有成爲一個作家，而是剪短了頭髮、嚴肅起面容進了大學教書。但是，在平靜的日本海上悄悄亮著燈的「博多夜船」並沒有隨著時間消失。那個關於夜船與命運的謎樣問題，你迄今仍在試圖解答。

# 地下鐵永不出城

K要你到東京去看她。她住飯田橋。她父母親看到你的第一句話竟是「身材很高哪！」大概是日本人讚美男人的一種方式吧。她在美國念藝術史，舉止和教養與一般日本女人並不是很一樣，幾乎是法國風的大方、優雅與細緻。但家風倒還是滿傳統的，在家她也是很聽話的模樣。

她父母看起來是簡單的人。你隨興的與他們聊天，他們拘謹的對你說些中國是個了不起的文明之類的話。你的日文開始愈發流利起來，而至幾乎要忘了你是來日本看她的。同時，她也似乎已完全溶入了這個日本背景中。他們逐漸在你視野中後退，彷彿眼前的一切不再是她家，而是一幅畫——你想像中的日本，一個從來都不曾改變過的日本。然後，你突然驚覺其實你對日本人還是甚不了解，對於她父母的客氣才漸漸不再理所當然。

晚上逛街的時候，你問她何以要你來東京？「沒什麼特別道理。如果說得清楚，信上就說了。」「你爸媽是怎麼看我的？」「很喜歡。」她簡潔的回答。

東京的冬天有一種無法理解的蕭瑟。她緊偎著你。耳邊輕微的風聲傳遞著急景凋年的訊息。時間在風聲中有種不捨晝夜的速度，讓人下意識的想張開雙臂。你摟緊她。她從來都是那麼柔順，有時候你不免會想，不知她心中是否另有一套完全不同的想法：關於支那人，或支那男人。

K是你們的詩社 Never(s) Vendredi 的新社員。第一次參加聚會就帶來了她的作品。你喜歡她的詩，有一種日本女人特有的感傷。她的英文帶點日本口音，但極流利。

你在校園裡瞥見過她多次。不知道為什麼她看起來完全遙不可及：屬於另外一個國度的感覺，而且不是美國亞裔那種既完全透明、又完全不透明的、很簡單的感覺。她有種「文明」的氣息。果然，她不是中國人。但你萬萬沒有料到日本女人也會吸引你。她那一點日本口音更強化了她那種「文明」的氣息。

後來她問起你，什麼叫「文明」的氣息，你想了想說：「就是有點 repressed 。」最起碼表面上看起來如此。她不以為然，但也無法反駁。

銀座的算命人，穿著整齊體面的端坐在風中，小桌上擺著一盞隨風搖曳的燈。K停了下來，問她的未來，算命人卻把重點放在她會遠嫁中國。你聽得心中一緊。你根本不信這些，但一時間竟也覺得命運已然明白擺在眼前似的，龐大而迫人。銀座兩旁的高樓突然變得高入雲霄，且櫛比鱗次的往前無限的延伸下去似的，使得你倆頓時覺得你倆走在一條荒涼無比的大街上。四顧只看得到算命人神祕的微笑。

那算命人是如何知道你不是日本人？如何又與中國有關係？……你陡然想起《砂丘之女》那本書。再回頭看他時，那盞搖曳的小燈已不知去向。

你們隨後轉往上野附近聽爵士。總算離開了銀座大街那種宿命的壓力。在音樂中你忍不住悄悄問她：「願意嫁給支那人嗎？」「爲什麼不？文明那麼昌盛的國度。」她幽幽說著一邊別過頭去，望向表演台上吹薩克斯風的洋人。你用手輕輕就著她的面頰把她的頭轉回來，鼻尖幾乎已可感覺到對方的鼻尖上的汗毛，你問她：「支那人？文明昌盛？」

K偶爾會叫你「討厭的支那人」。但你原是始作俑者。你好幾次在最深的夜裡這樣問她：「支那人，好討厭喔？」惹得她非這麼戲謔的叫你不行。而那必然會激起你對她更無情的擁抱與揉搓……終至她放鬆下來，不由自主的反復喚著「浩 chian」。個人與國族在愛欲中竟是如此結合的。在這種時候你若忍不住凝視她，總會意識到片刻驚人的陌生。你曾因此而心疼不已。你抱起她，不願意相信那種陌生。她曾陪你度過不少漫長的異國日光與夜光。你用日文輕聲的喚她，想告訴她……。而她總是在這一刻輕輕撫摸著你的頭髮與面頰，好似要你不用擔心一般，好似她已知道了你的心事。

第二天，她告訴你要與一個法國來的極知名的藝術史學者共進午餐。只是她沒告訴你是個支那人。W教授大約年歲已近六十，長相極為斯文，但已有些老態。他有很重的江浙口音，但他的靦腆卻與你對江浙人的一般印象不大相容。

K曾經通信向他請益過多次。這次他受邀來日本開會，她理應盡地主之誼。不過吃飯的時候，還來了一位W先生以前在法國的日本學生和子，一位美麗但已將過中年日本婦人。

你們展開了一場語言關係複雜的談話。K的英文極流利，你會英日法文，W先生法文好過英文甚多，和子只會法文一種外語。因此，你有時與和子及W說法文，有時與和子與K說日文，有時又與W說中文。混亂中帶著些趣味，也滿折騰的。

一開始，和子略有點不安，但不久她與W先生的談話就漸趨自然。他們基本上只是敘敘舊。沒說什麼重要的，多半是些過往瑣事。但隱約似乎有些沒說出的話。都藏在W的靦腆中似的。大概是因為有旁人在場吧。但在這種多語交雜的狀況下，訊息確實也很難傳遞清楚。

你想不透W先生為什麼需要別人作陪。

和子說法文的時候，神情與說日文時判若兩人；有點頑皮，甚至有點輕微的調情的意味，可以想見她年輕時的風采。你對這種語言轉換所帶來的差異頗為了解，但這麼大的差異倒也不常見。

「在法國念書的時日，眞正是年輕哪。」一度她突地轉向你與K，慧黠的雙眼意味深長的看著你們倆，一邊這麼說，很有姊姊的味道。她唯有說這句日文時，還保持著她說法文時的感覺。似乎是故意不要W聽懂但又讓他能意會。你與K忍不住交換了眼色。但並不確定對方一定是一樣的意思。

W與和子臨別時出其不意的以歐式習慣吻別。和子讓教授親吻面頰的時候已然流下了淚。你上車後，忍不住從地鐵車窗中一直盯著逐漸遠去的和子。她非常端莊的站在原地，揮別的右手仍懸在空中，眼光望向這邊，或是更遠的地方，一動不動，漸漸在你的視野中縮小，直到地鐵轉彎。W教授一逕靦腆著，看不出心中有什麼波動。好像這一切都是你們想像的。

辭別W先生後，你們來到了青山大道，想找個咖啡廳坐坐。走著走著，你想到了什麼，隨口說了一句：「支那人只合做年輕時的戀人哪。」她看看你，輕輕笑了起來：

「是啊。」你不能讓她墮入那種命運。她似乎猜到了你的想法，又說：「你擔心什麼？」你擔心什麼呢？既然如此，那算命人何以會讓你抑鬱起來？

走在長長的青山大道上，沒有一家咖啡店屬於你們。

離開日本之後沒幾天，你接到了K的詩：

地下鐵永不出城曾經縱情狂歡過的日本女子
如今端莊且無二心的撫養著
株式會社的子嗣。

有一天，她終於得空
在午後獨自搭乘地下鐵
進入嫻靜秀慧的岩層底下
考掘昔日的藝術史老師
那個髮亂髭橫的支那男子

她猶然記得他說過
藝術是永恆的
迷宮，在每一個歧路，
都有人走失
在無從記憶的時間礦道中
尋找那匹已成化石的獸

正如來到法國的那名支那男人
他有一種困頓的迷離
果然神似已滅絕的帝國
走失的後裔

在許多歧路之後的地下鐵車站
謠傳有一名說著法語的
中年支那男子

在當地問路
但其實他早過中年，
並已在不知名的遠方車站
轉車

她也匆匆跳上車
然而地下鐵永不出城，
她只能沿路
把藝術史留給青春
把支那人留給異國
自己則在心中留下永遠
蜿蜒不絕的
地下鐵

# 愛，總在別處

新英格蘭的春天與別處的春天不大一樣。天氣漸暖之後，空氣中就隱約有些花香。入夜，你獨自在窗前閱讀著與春天不太相容的論文。不大能專心——突然，自去年秋天以來一直沉寂的湖邊傳來了禽類的騷動。是不知從何處遷移到湖邊的水鳥吧？此起彼落的啼叫從此沒有休止的意思。牠們好似同時在空氣中嗅著了什麼，知道求愛的時刻已經到來。然而，牠們眞的是嗅著了什麼嗎？還是說，體內有其他的什麼機制讓牠們能感覺到那種衝動？

你想起人類的愛情。你在水鳥焦躁的啼叫中努力向窗外望去，想知道此刻水鳥彼此相望的眼神是否也熾烈如火？是否在對方的眼中也望見了「一生一世」所尋找的什麼？

湖上因著淡淡的月色，有輕微的反光，反而更看不清湖邊成群的水鳥。但惱人的啼叫卻一分鐘也難得稍歇。你的眼光不能自已的就著月色，往湖的盡頭望去，遠處最終仍是不可知的黑暗。未可知的遠方，似乎讓人終能喘息，但喘息之後，卻可能有更強烈的、屬於人類的愛情／愛欲等著捕捉你。因爲，只有在不可知的遠方，當一切現實的殘敗與無味都隨未知消失的時候，愛情才有可能存在。

換言之，愛似乎總是在別處（love is elsewhere）。

這大概就是人類與水鳥的不同吧？水鳥根據身體判斷「愛欲」的所在，一切彷彿都是命定的。而人呢？命定就意味著沒有選擇空間。最最命定的是純生物性的，但人就是極力要掙脫生物性，證明自己之異於一般生物。因此，人不願意在愛情與婚姻上接受安排。人也多半不願意從物質條件的匹配上，來了解愛情，因爲，那樣仍然太接近生物性的支配。如水鳥之因爲季節的來到而開始蠢動，因爲荷爾蒙的變動而開始愛欲。

在某一部電影中，兩輛反向行駛的火車在小站停車交會。男主角無意間瞥見了對面車廂中一名女子正梳理著她的長髮。在那一刹那，他義無反顧的愛上了她。於是最最精神性的人類的愛情，卻同時又充滿了命定的意味。好像脫離生物性的目的竟是爲了回到出發的所在。但與水鳥不同的是，這種二度的命定，來自於「想像」的能力。因爲他能在想像的層面如離去的火車一般，無限的往遠方奔馳……，於是不知不覺中竟爲愛情塑造了種種的不可能。因爲一切都在遠方。

在遠方，所以不可能；不可能，所以必須在遠方。

那麼，愛情又是怎麼發生的？是對方的眼神、聲音、走路的姿態，甚至於造句的方式？遠方與近處交會合一的剎那，因何而發生？

比如說《包法利夫人》這本書中的愛瑪。愛瑪在初見他未來的夫婿查爾斯．包法利時，羅曼史小說中讀來的關於愛情的一切，已然悄悄從時空中的各個角落被召喚到眼前的查爾斯身上。在單調沉悶且工作煩瑣的農莊上，查爾斯適時的乘著馬車來到。其貌不揚並不是問題，平庸無趣也不重要。重要的是，他，是來自另外一個世界的使者。他是可以帶著愛瑪進入另一個世界的使者。在那個世界裡，她終將獲得自由。然而「自由」是什麼，卻不是她一時想得清楚的。對當下的她而言，自由就是到達另一個世界。

在愛情尚未來到之前，人生總不外是那麼一片單調沉悶且工作煩瑣的農莊，人大約都在等待那來自另一個世界的使者。在使者來到的那一剎那，遠方與近處遂合而爲一。那便是自由了。

但，遠方究竟來自何處？

其實自始就是一種想像。一種精神層面的距離感。

人進入人世之際，就被迫如《威尼斯商人》一劇中的安東尼一般，質押了一磅的眞實的生命，用以交換通行於這個世界的權利。矛盾的是，通行的目的卻又是為了藉以尋回那失落的一磅。然而，一旦進入了人世，成為語言與教化的寵兒，那一磅真實就此遺失。從此，藉遠遊以回到近處，也成了不得不然無法超越的內在矛盾。

透過語言，人得以暢行於人世，求取各種價值、又捨棄各種價值，但同時你們愈走愈遠。在搖籃邊失去的，從此永遠隱約明滅於遠方。

唯有愛情，能讓你們趨近最初質押予人的、最鍾愛的那（一磅）眞實生命。讓隱約明滅的……成為具象的愛人。

因此，從某種意義上來說，柏拉圖是對的；愛情確與人失去的某一部分有關。而且失去發生的那一刻，也存在於「理性未可追懷的」（mythic）過去。然而，柏拉圖所看不到的也正是非神話性的那一面。因為那失去的，並不是「眞實」存在的關鍵性的一磅生命，而是出自於想像。雖有所憑據，但卻與想像中的完美契合差之千里。也因此，唯有愛情最最捉弄人。

愛情開始時，讓你們覺得，你們找回了那不存在的完美。只要能觸發對完美的想像。比如聲音、比如表情……比如某個偶發的事件。

而瞥見完美的那一刻和水鳥的相認或許就有點相似；感覺上彷彿是命定的。

窗外水鳥的啼聲仍然此起彼落、無休無止。命定的那一刻終於來到。

愛情最強烈的時分，都從那一刻起：當你相信了他就是來自另一個世界的使者。因此，愛瑪堅信接下來就是無止境的浪漫了。比如，婚禮必須在午夜舉行。在火炬照耀下的夜宴上共飲，才能感覺到愛情的「另一國度性」。

然而，愛瑪立即要面對的就是，這個「另一國度」到底在什麼地方？婚後，她漸漸才離開想像，回到現實中觀看查爾斯，也才注意到查爾斯與她想像中的情人完全不符。她雖然想盡各種辦法製造浪漫，然則，查爾斯的異域感（遠方氣質）本來就不多，很難把他再推向遠方。而且，因環境局限而形成的「情境戀人」，尤其不堪情境改變的摧折。愛瑪不能從查爾斯身上感受到愛情，離開了農莊怕也應是主要緣由。但最重要的還是，誰能讓遠方與近處永久重疊？遠方不可能恆在近處。任何戀情的結束，都緣於此：想像力被禁錮在近處，鎮日與柴米油鹽爲伍而無法再四處奔馳。

這就是爲什麼愛瑪在戀情不斷破滅之後，總是自問，這世間一定有一個地方是屬於絕對的浪漫與眞正的愛情。而這個地方絕對不在眼前。

對愛瑪而言，自由原只意味著離開農莊。然而一旦離開農莊之後，自由竟成了一再從她掌心流失的東西，它不斷往遠方逃逸，她辛苦的在後面追趕。那個沒有愛情的人世牢籠也尾隨其後，不斷擴張。

自由，理論上是在精神層面才能實現的：而絕對的自由必須完全不受制於物質環境的局限。因此自由必須與遠方畫上等號。等有一天能放下身邊這些事的時候……人常這麼說，但是在想像中，人本來就已經有絕對的自由。代價是近處變成了囚籠。

不過近處指的是已發生的一切。近在咫尺的事物一樣可以有異域的色彩，只要他／她／它／牠的內容還留在遠處。仍明滅未定。然而一旦發生了……

所以愛瑪一度曾這樣在心中吶喊：「我要去旅行。我要回到昔日寄讀的修院。我要一死了之。我要去巴黎住。」這四種選擇雖是在情緒極度沮喪之下隨機在她心中出現的。但是可以見出，一切可能性都在遠方，包括已逝去的少年時代。

但人之能不斷追趕遠方，卻正是人類能見容與不能見容於這個世界的同一個原因；是人類願意去愛與總無法愛的同一個原因。

夜更沉寂了，但窗外的水鳥始終沒有要休息的意思。也難怪，牠們只有這個季節是屬於愛情／愛欲的。過了這個季節，也許就忘記了愛情這回事，直到明年同樣的季節再次來到。而對人類而言，愛情則是無關乎季節的。但在每一個季節的每一個時刻，他都面向遠方。

# 朵爾希內亞、子爵與金髮美女

聖華倫亭日。大雪不止。你記得那一天，在普林斯頓的康尼磯湖畔，在雪花籠罩的天色中，在理當不需要做什麼思考的孤獨裡，竟然還是會感覺到某種莫名的輕微焦慮。覺得好像忘了什麼該做的事。

想必是看了《紐約時報》，知道當天是無法躲避的聖華倫亭日。一個關於愛的日子，卻常叫人對如何愛感到躊躇。但這麼說其實並不精確。愛這件事照做不就是了？就像生活中的眾多事情一樣，早已有跡可循，不需要有什麼壓力。一旦走入雪地，我們對事情的看法就不再那麼確定。在大雪紛飛的郊野裡，連獸跡都完全掩蓋的狀況下，迷路的感覺卻似乎是必要的。你雖然記得附近所有的地形上的標記，但雪眞的是能改變一切。在短短一小時之內，讓熟悉變得異常陌生。你因此喜歡下雪的日子。而且不帶地圖出門。

在聖華倫亭日走入雪地，這麼說並不是無心的了？你應該是已經過了那種年齡：覺得似乎所有毛細孔都張開著，等待著某種關於這個日子的訊息似的。然則，故入雪地是不是誤入雪地的一種方式？迷路是不是找路的一種方式？你在雪地中停了下來，白色的雪花很快就在你黑色的大衣上堆積起來。

其實，關於愛的故事，你也都喜歡聽。聽多了卻難免疲倦。好像都太相像了。然而，當愛來到的時候，一般人最關心的又往往是「像不像」的問題。像不像是眞愛？眞愛曾經發生過，在故事裡，在電影裡，在別人的生命中。眞愛因此有跡可循。然而這些愛情都不是第一手經驗，而是故事。

於是，如何把愛情變得像故事，遂成了戀愛中的人必做的功課。愛情一旦褪色，挽救的方式也是按照前人的繪本拚命重新著色。目的卻是要告訴對方，這是獨一無二的眞愛。

你又想起《包法利夫人》書中的愛瑪。她所追求的愛情，就是故事書中看來的愛情。每一次，她都用故事中的方式期待、迎接愛情。於是，透過她對愛情的無限憧憬，每一個戀人最初都充滿了無限可能性；都太像眞愛了。然而，每一回她都很快就陷入愛情即將消失的恐懼中。因爲在愛欲的狂潮過後，愛情總是急速褪色：戀人到頭來總是與眞愛太不相像了。唯獨子爵不然。他才是她不朽的眞愛。然而子爵是誰？

他是愛瑪一生中僅有一次受邀參加上流社會在城堡中的舞會時，曾經共舞過一次的男人。連姓名也不知道，只知道是子爵。後來甚至面貌也記不清了，終其一生，愛瑪都在每個人的背影中尋找子爵。但到底誰是子爵？

問這個問題跟問「朵爾希內亞」是誰，似乎是一樣的道理。唐吉訶德據說讀了太多中世紀的騎士傳奇而走火入魔。自己也騎上了駑鈍的老馬，抓起生鏽的長矛，衝入莽莽江湖闖蕩起來。但做爲騎士，什麼都可以沒有，卻不能沒有他爲之獻身的美麗淑女。他便編造了朵爾希內亞做爲他夢寐中的愛人。

人人都把他當瘋子，因爲他實在太不合時宜，太活在幻想中。但人們最愛的調侃他的方式，還是質疑朵爾希內亞這個幻想中的女人根本不存在。然對唐吉訶德而言，朵爾希內亞不容置疑的是他生命的全部。在任何時候，沒有她的愛，他就無法生存。

老弱的唐吉訶德在人世眼中無謂的衝突中受重創倒地。他爬不起來，遂立刻在時間之河中逆流而上，看看過往的騎士中是否有人也曾如他般落難，並且承受如此的肢體之痛。他想起波爾德溫騎士的故事。於是他用虛弱的聲音複誦起波爾德溫騎士受重創之後的劇詞：

妳在哪裡，我的愛
爲甚麼不爲我而悲嘆
妳若非對我不忠
就是不知我遭遇悽慘

這時肢體的痛楚竟慢慢較能忍受。但更重要的是此舉帶來的「心靈的慰藉」。因爲他是騎士，一切都必須獻給不存在的朵爾希內亞，生命才有意義。若沒有朵爾希內亞支撐，唐的騎士幻夢就眞的只能是幻夢一場。

然則，幻夢一定就必須只是幻夢嗎？唐吉訶德的騎士幻夢其實是幻夢中的幻夢，反而更像是不斷想要醒來的企圖。在他的眼中，夢幻是隨著布爾喬亞階層的興起而漸成氣候的寫實（現實）傾向。眼見爲眞，不再相信看不見的、存在於想像中的事物——這樣一個人云亦云的眾人的世界，才是更夢幻的。比如包法利夫人的那個時代。

在騎士傳奇中，這種愛情是陳腔濫調得一塌糊塗。然而到了不信傳奇的時代，堅信傳奇卻變成了一種暗喻。朵爾希內亞可能只是一個不知名的村婦，卻變成了理想主義的同義詞。

從寫實的角度而言，的確，朵爾希內亞是不存在。然而唐吉訶德並不關心她的存在與否。對他來說，朵爾希內亞是他生活的起點，他的一切都從她開始，往外漸漸擴大。而子爵則是愛瑪一生尋找的終點。對唐吉訶德而言，人人都是朵爾希內亞的美麗的見證人，而對愛瑪而言，則人人都只是子爵的幻影，而不是子爵本人。

你想起一部電影。剛跳完畢業舞會的高中生，在街上漫無目的地開車遊蕩，不意看到鄰車竟有一位金髮美女對他若有所指的微笑……。他一時心旌動搖，但美女的跑車已經消失在暗夜的街頭。高中生開著車在街上遍尋不著，遂求助於電台的DJ。劈頭第一句話就說：「你一定要幫我這個忙——我在找一個金髮女郎……」。DJ不慌不忙的回答：「我們不都在找嗎？」

一閃而逝等於從來沒出現過，也等於是成了永遠，因爲會不斷想像他……滿接近對子爵的狂想。但更俗套了許多，因爲畢竟只是個金髮女郎。

唐吉訶德的戀人雖也是依照讀過的故事設定的，不過，比起愛瑪，唐吉訶德的幾近顛狂毋寧是遠離布爾喬亞的。他的所謂愛已接近神性的存在，完全不需要驗證。這樣的愛只是一種藉口，本來就是「借來的」。

愛瑪的不斷的追尋雖不是每一個布爾喬亞的擅場，但卻以異常誇大的方式，訴說了每一個布爾喬亞心中隱藏的願望：尋找眞愛，鍥而不捨。

愛瑪的愛情是寫實主義式的，相信在人世中有近乎神跡般的存在——愛情。雖然對愛的看法也是借來的，但根源是完全不同的形上學，而且更重要的是她不知道是借來的。往後一百年間，西方的愛情都在同樣的模式中翻來覆去。雖也充滿了掙脫的企圖，卻只能在囚籠中撞得鼻青臉腫。然而這種無奈卻也萬分動人。畢竟如此這般的尋找，有種不認命的執著。

金髮女郎則好比一種甜膩的罐頭食品。那是一則媒體社會中流傳不止的美國夢：瑪麗蓮夢露模樣的，傳說中紳士們的最愛。DJ說：「我們不都在找嗎？」當然，在媒體中的人是最清楚不過的了。

相形之下，唐吉訶德還滿讓人佩服的。他那種完全不尋找、完全不碰觸、很不像愛情的愛情，道是虛幻，似乎反而眞實得多。因爲他根本沒有奢想人世有所謂眞愛。眞愛只存在於他的想像之中。

這麼說，「你眞的愛過人嗎？」這種問題就是不應該問的。比較可行的問法是，你曾經用什麼樣的方式愛過人？有沒有在布爾喬亞的牢籠中衝撞過？更難的當然是心中已有朵爾希內亞，無需外求。那是聖徒式的愛。即便如此，每一個布爾喬亞也都曾經奢想過：從此一切都是爲了他。但沒有尋找過，如何安心？一旦開始尋找，又如何停止？

近黃昏時雪已漸停，我也回到了屋內。不記得如何迷了路，又是否迷了路。往窗外的雪地望去，彷彿看到了一列清晰的足印。是朵爾希內亞？是子爵？是這一帶偶爾會遇著的金髮女郎？還是自己方才無意間留下的痕跡？

# 聽見孔雀夜啼而出門遠行

你悄悄的離開了眾人聚會的地方，走進夜色中的維也納。這是你在此地的最後一晚。夜風中有種歐陸特有的乾爽的涼意。來之前聽說這裡晝夜溫差大，因此特地帶了件合成質料的咖啡色硬領風衣，現在果然派上了用場。套在黑色恤衫與黑色長褲外頭，剛好能迎向這種涼意。你喜歡穿深色的衣服走在夜裡的街上，尤其在異國，彷彿沒你這個人似的，卻又似乎留下了深沉的印記。

走著走著，彷彿又回到了青春無畏的少年時代，只有吉他、詩和菸的年代。那時候，你喜愛穿黑，想當遊唱詩人，常幻想自己走在異國的街道上……。

走著走著，你瞥見左邊隔街有一座白日沒見過的燈火輝煌的建築物。金色的燈光鑲在白色的建築不斷聳起的綠頂尖塔上，交織出了一種幻境般的迷魅。

方向一時有點不確定。雖然你並沒有特定的目標，但問路的欲望已然襲上心頭。這時迎面來了一位衣著優雅身材修長的東方女子。你正要上前用德文詢問，卻說出了一個英文名字：「V——a!」在路燈下，她眼角的那顆痣，清楚的帶動著她的眼神。她楞了一下，才緩緩從過去中甦醒過來。「Sebastian！已經好久沒有人叫我這個名字了。」

在迷路的時刻，你最不想要的就是，來自往昔的幻影爲你指點未來的迷津。但是V和流浪的關聯是如此的密切，你無法抗拒，甚至情緒有些微波。你們剛好到了一個公園門口，望進去是一座比人大的莫札特雕像。你們進去找了一個角落坐了下來。才坐定你就問她「還好嗎？」她伸出一隻手指封住了你的嘴：「Ne me demande pas. Don't say a word.」你們遂沉默了下來。互相望著對方，毫無忌憚，如年輕時你們第一次面對面的時候。

那時候，你們同時搭上了一輛回北投的公車，都站在後車門的柱子旁。你沒想到會是她。雖然經過了高中三年的睽違，你仍然那麼清楚的記得這個國中三年幾乎每天都會看到的女孩。每天早上，你從舊北投火車站下車後，沿著光明路走到溫泉路口準備右轉上山朝學校走去時，就會看到她在路口等美國學校的校車。對你們這些戴著童軍帽、理著小平頭的國中男生來說，那時眉宇間已經有點嫵媚的V簡直就如不安的天使一般，讓人愛欲又遙不可及。你也不例外，但例外的是，你不吹口哨，也不跟著議論。你只是專注的記憶著她。

沒料到，人生比電影還巧，此刻她就站在你眼前。你盯著她看，她竟也回望著你，眼中沒有絲毫的畏縮。你不太懂這種眼神。但就在個時候，她手中捧著的一疊信件突然掉了一地。你不相信實際人生竟眞的會這樣發展；你楞了一下，急忙搶在她之前匆匆撿起所有信件。抬起頭，你又看見她那樣的眼神。後來她告訴你說，那是因爲，你長髮披肩的德性，很像 James Taylor。你知道那不是唯一的原因，一如她解釋那些她申請美國大學入學許可的信件是因何掉了一地，不太有說服力。

但此刻在維也納，她望著你雖然半天無話，最後說出來的倒是肯定了多年前她的說辭有一大部分應是可信的。她說：「頭髮剪短了。」你的長髮一直留到返台教書，但她的記憶還是你大一、她高三的那年，你們生命中唯一擦身而過的那段時間。然而 James Taylor 畢竟不是根本的原因；美國學校留長髮的男孩子應該有比你更像 James Taylor 的。她在意你的長髮顯然跟你是「漁夫的兒子」有更密切的關係。雖然你跟她說過，你的確生在漁村，不過父母都是教書的。然而她就是喜歡那麼喊你。其實她還喊過你「農夫的兒子」「礦工的兒子」，因爲W村既是漁村，又產煤，也不乏家裡有座山的農民。但她還是最喜歡喊你「漁夫的兒子」。

這種強烈的差異是她喜歡的。你去過她家幾次。就是那種所謂家世很好的人家。吃飯時候總要擺上漂亮的水晶和銀器。你在她家裡總覺得自己坐姿不對，可是每每看著她優雅的行禮如儀，又覺得滿心的疼痛。你那時候其實非常的反美，雖然唸外文系，但很不喜歡在課外說英文。但V卻是滿口英文，而你竟也順著她。

遠處，你們仍然可以看到那幢迷夢般的建築。在異國的夜晚，一幢不知名的、恍如憑空造出來的海市蜃樓。你想問她，但她望著你又繼續說：「頭髮雖然剪短了，眼神還是沒變——愛流浪的漁夫的兒子。」她是那麼不經意的提起了「流浪」兩個字。你沒有再深究這個話題。不過從後來的談話中，你得知她離了兩次婚，現在住在法國，比你早沒幾天到維也納。你以前很難想像，這會是她日後的軌跡。雖然她的確說過「我要和你去流浪」那種孩子說的話。

你沒問她爲什麼一個人來維也納，爲什麼深夜一個人走在街上。正如你，她大概也有許許多多不同的理由，但你相信有一個是兩人一樣的，也就足夠了。另外，顯然她也沒有什麼目的地。兩個不爲什麼走在街上的人，竟然在這個不算小的城市就碰到上了。巧合，難道這就是人們期待於流浪的嗎？

你終於找到空檔問她那座建築物，她說：「你不會想知道的。只要記得這個意象，就夠了。Don't you think so?」只要記得它的意象，就夠了，這好像是你以前常跟她說的話。「今夜的幻象，請留予明日匆匆的行色……」「怎麼這麼感傷？」「是你以前寫給我的詩啊，忘了嗎？」她有點不太認眞的訝異著。是嗎？對於久未寫詩的你而言，這並不意外。

老遠聽到教堂鐘聲的時候，你們同時起身。但都不是爲了要離開。你提議走走，她說這公園裡有一個蝴蝶館，可以去看看。到了蝴蝶館之後，在微弱的光線中，你可以隱約看到某些斑斕的色彩。此時四下非常安靜，大概所有的蝴蝶都已在睡夢中。過了一會兒，她突然有點自言自語的說：「這讓我想起台大的孔雀園。」其實那不是什麼孔雀園，只是一個關了孔雀的圓球形大籠子。你帶她在晚上去看過。關在裡頭的孔雀隔一陣就會以牠們特有的聲音啼叫。那天，她看著看著就毫無理由的哭了起來。

「你聽到了孔雀徹夜啼叫，遂忘記了身世，出門遠行」「也是我寫的嗎？」她沒有回答。其實你並不需要多問，她生命中應該只有過一個詩人。但你眞正的問題並沒有問出來。因爲答案只有你自己知道。

聽見孔雀夜啼而出門遠行的人。

# S的日本情人

私はこう信じてる。
だれも少しも変らないのだ。

——S．《娜妲莉的奏鳴曲》

那年，金髮的S出了她的唯一一本日文小說《娜妲莉的奏鳴曲》，那時候，村上春樹還沒有發跡，但她已經有點那種風格了。喜歡寫咖啡、音樂、中產階級的美麗與哀愁。只是她不喜歡爵士樂，她覺得那種音樂太美國了。可是她喜歡藍儂。獲知他的死訊時，她痛哭了一場，還爲此寫了一首詩。「畢竟逃脫不了美國人的宿命，爲了流行歌而大驚小怪，」你對她說。但這也是她與村上的不同。她其實執著得要命。因此，她幾乎不寫無奈，只寫堅持。她不喜歡你這樣帶著批判意味的論斷。然而，誰叫她當初誤以爲你是日本人呢？

那年認識她是在圖書館裡，你們不巧同時走到了一本日文書《假面的告白》前面。你未加思考的輕輕用日文說了聲對不起。沒想到她也隨即用日文回答你。大約是「沒關係，你先到先用好了」之類的話。金髮的女子竟也有種飄忽的東方味道。你們遂開始了一種奇特的關係。她雖然很快就明白你不是個說日語帶點英語口音的「二世」日本人，卻從此把你當日本人對待。從此你們在一起便只說日語了。

從你們一開始談話，你就注意到她的眼神中有一種明確的期待，要你做她的日本情人。但那背後的祕密是什麼呢？爲什麼是你？爲什麼是日本人？爲什麼一個金髮的女子如此的著迷於日本？她眼神的明確反而成爲了一種通往某種祕密國度的邀請。你輕易首肯扮演日本情人，也是爲了來自那個祕密的呼喚。

隨後你們從史大的圖書館轉往校園裡的 Coffee House，你們才認識，但聊起天來，好像已經認識許久，當時你日文不過才學了二年，她與你說起日本的種種卻彷彿你就是日本人。音樂系的 John Sebastian Chen 在小舞台上彈著 Theolonious Monk 。你們大半時間都說著日語，除了說到 John Sebastian Chen 的名字的時候，她迸出一句英語：「You Chinese!學音樂還取個這樣的名字。 That's a bit exaggerated. But of course in your case, it just fits.」你深知你和 Sebastian 這個名字有點什麼特殊的關係。S也不是第一個外國女人感受到這點。而且，你根本不會在乎她對中國人評頭論足：你是她的日本情人。但是你倒是想對她說，「誇張的是你吧？」她說話時的神情因爲刻意的模仿日本女人，而與她的金頭髮和藍眼珠形成了一種不協調，但卻是一種不協調的吸引力。然而，她其實又是那麼的自然，甚至比你接觸過的日本女人還要像日本女人。（比如說道子或由美；一個還在跟你談她高中時有個叫「孤寂之狼」的死黨群，一個則把皮膚晒成了古銅色）你不由自主的想像著擁抱她溫暖而柔軟的軀體，如一個不願多所表達的日本情人。你開始想知道，一個日本情人會如何的進入金髮女子的體內。眞如你想像的那麼粗暴？或笨拙？或還有其他可能？

於是，你熟練的對她說「機會があれば……何かを一緒に……」，典型的日本情人的第一句話，雖然，你還是說得比一個眞正的日本情人多。她當然對這樣明白的密語再清楚不過。她慧黠的神情告訴你，你已經成功的跨出了第一步。

隨著你們關係的發展，你漸漸的養成了日本情人說話的方式，多數時候只是心不在焉的「嗯」著。她也逐日變成了一個日本小女人。不過，你也意識到，她早先那種飄忽的東方味，似乎慢慢在消失。

尤其到了那年冬天。在巴黎的拉丁區，你穿著黑色的大衣，披著圍巾，戴著墨鏡，她挽著你的手偎在你身邊，輕聲用日語說著話。你旁若無人的往前走去，偶爾才應一句，看不出表情。在那一刻，你已經完完全全的成爲了她的日本情人。

但即使是那樣一個接近完美的日本情人，也有忘記自己是誰的時候。有一天關於日本殖民台灣的話題，終於惹惱了你。你出乎自己預料的一改平時不太言語的作風，突然大聲用日語喝斥她……在那個時候你爲了她的親日論調極端惱怒著，但在同時又似乎連靈魂都變成了你想像中的日本人。

然而你未曾扮演日本情人之前，難道是愛說話的嗎？現在回想起來，自己在成爲S的日本情人以前的種種，竟變得十分不可追索。

後來有一天她說，她夏天要去東京。你不置可否。她說你也許可以一起去，順便回台灣……你說你學位還沒念完，不急著回去。

她從東京來信一如往常般勤快。一直到有一天她來信很誠實的說起，她與歌手伊野洋水時有來往。然而這種事你豈會在乎；有這樣的對手，其實還滿有挑戰性的，你心想。但無論如何他不過是個有名的「流行歌手」罷了。而且你其實是不怎麼在乎她的，雖然常有人在她的信箱裡留下情詩或巧克力什麼的。就像那些到亞洲來的洋人一樣，你覺得來美國交個美國女友，不過就像是必修課一樣。

但她從東京回來之後，你意識到他們的關係顯然不只是邂逅而已。她讓你聽伊野的歌。你發覺他不僅僅是個流行歌手而已。光是《白色陶瓷器》這樣的歌名就足以讓你對他改觀。在歌聲中，你陡然轉身再看看她，你有點不相信。因爲她變成了另一個女人：她有了「祕密」。

那是一種很奇怪的感覺。她已經不再像是你所熟悉的她。好似有什麼東西進入了她體內，讓她從頭到腳產生了質變。她望向你的眼神不再清澈易解，而老是把焦點放在你後方的遠處。她從另外一個人的眼神中看到了自己的另一個形象，一個正在成形的祕密。

祕密彷彿異形一般，你害怕它把她帶走，帶到一個你完全不熟悉的地方，一個遙遠的星球。你卻沒意識到自己也早已不在原處。如今你是她的日本情人。可是你的原處究竟該在何處？

你若是她的中國情人呢？那裡，是你的原處嗎？

在她的眼神開始投向遠處之後，你才突然注意到，初遇時她那種飄忽的東方味，不知道什麼時候又回到了她身上。你重新愛上了她，這一次你覺得是眞的。而且，你不能再做他的日本情人。你必須是中國情人。

但是你還沒有機會證明究竟你能不能扮演中國情人之前，她離開了你。你記得在距離哥大一兩條街的河邊，她跟你談起她的新朋友，一個在哈林區唱blues的黑人歌手。她的親日時代終於過去了。她不再叫你「浩chian」而叫你Sebastian，並只用英語交談。如今她只是一個與你不相干的金髮女子了。

她的東京故事，其實你並不完全清楚，因爲你根本沒有主動問過。然而清楚與否並不重要。眞正重要的是那個祕密。那個使你活過來，同時也早已死去的祕密。

你終於沒有扮演完成日本情人，然而你也不確知誰演得完。當初你若不演日本情人，可以嗎？但是，不演日本情人，你眞能演完中國情人嗎？

S最後一封信上說：「我一定會等到我生命中的MAN。」「我已然來過，」你輕輕對遠處隔著大洋的她說，「只是在那一剎那，我們總是會錯過。」

# 忘記夏天的信物

無意間翻開一本書，書中飄落下一片隱約曾是深紫色的日本楓——你楞了下，心中尋思它的來處。你模糊的想到S，以及輕井澤的秋天。然而爲什麼是S與輕井澤的秋天？你根本沒有與S去過輕井澤。你們共有的日本記憶是嵐山。慢慢的，記憶逐漸一點一滴的甦醒：那年秋天你們同遊嵐山，曾經在河上賞楓。那時天有點寒意，河上氤氳著若有似無的霧氣，賞楓的水晶船通體透明的在河中緩緩移動著，兩岸的楓樹大片的艷紅就在霧氣中不斷四下漫開，讓人完全無法設防。就在嵐山秋色的籠罩下，S與你相約翌年秋天要結伴去輕井澤，特別要去那座楓樹圍繞的小教堂旁的咖啡屋。你們要在那兒安靜的喝個長長的下午茶。S的理由是那兒讓人想起普羅旺斯的假期。你與S對普羅旺斯的記憶應是不一樣的，但嵐山的秋色不容人置疑。

然而，楓葉的出處並不在日本。你苦思良久不得要領，手不知不覺開始摩娑著葉片……忽然間，葉子的觸感引發了某種無法言喻的悸動——夾著海草味的屬於夏天的風從記憶的深處中悠悠吹了過來。你終於明確的指認了楓葉的出處：其實是在新英格蘭的新罕布什學院校園裡拾到的。你拾起那片細緻的葉子的當下，心中想著的是島上那個如迷宮般的夏日，全然與嵐山及輕井澤無關。

在時空的遭遞中，這片楓葉轉了幾個彎後，竟獲得了完全不同的身分。當初，楓葉原是某個夏日的信物。Y來信提到，說很想知道新英格蘭秋天的觸感。你覺得莞爾，卻也爲此愼重的撿拾了這片楓葉。不過，這片葉子最後並沒有寄出，正如夏天的風終須在季節的邊境靜止下來。做爲信物的葉子遂在時間的落葉底下埋藏，而忘記了它最初的執著。但遺忘並沒有讓葉子從此靜止在時間的暗處。它悄悄在你深藏的記憶中迂迴前進，尋找適當的新主人。當你再一次看到它的那一刻，它破土而出，還給你它爲你找到的輕井澤的一切。

你雖有點意外，但也並不眞覺得有那麼値得意外。這樣的關於信物的蛻變，你早有經驗，因爲你不是第一次擁有信物。只不過你總是忘記，信物常常是會失信於你的。

你曾經是個讓人不能忍受的拜物者，從小學時的鉛筆盒到少年時戀人的髮夾，一度都紛亂的散置在你的生活中。你不是毫無理由就讓自己生活在博物館裡；你對時間太過敏感，總覺得必須擁有信物，才能把曾經擁有的一切都保存起來。否則，記憶終究會渙散，馴至最後時間竟喪失了它僅有的物質性。你相信只有信物，才能守住時間，尤其是那些愛仍在滋長的時刻。

的確，信物確能讓你守住某些時刻。但是你倒是更常在信物身上看到時間與記憶的頹敗。你凝視著它們，意識到它們在你視線中悄然、不著痕跡的後退著。那些曾經美麗或神聖的時刻突然顯得無比的脆弱。信物竟如此徵信著信物的無力徵信。

有時候，它還可能像人一樣，有一天突然變得陌生起來，甚至完全消失了線索。信物也可能如像日本楓一般神奇的轉幾個彎，便擁有了自己拒絕再被掌控的生命；或乾脆躲進了不知名的所在，從此把往事牢牢的封鎖，讓人再也無從推敲。這麼一來，愛的信物或者更像是愛已失去，甚至從未發生的見證。

正當你對信物逐漸喪失信心、對於那些不知因何走失的時間感到無措的那段時間，你發現了另一種信物。比如這片日本楓。在這麼偶然的情況下，它竟成了輕井澤的信物。你並沒有刻意的留下與S的信物。但嵐山的往事卻沒有放過你的記憶。它只是在暗處等待著。

桌前的牆上貼著一張葡萄牙的風景明信片：在海港邊一個僻靜的角落，一支孤立的昏黃的街燈，石板路上的水漬微微有些反光，一排舊式殖民時期的建築，其中一戶有著大窗，掛著一個寫著必然是某種羅曼斯語 la S——的招牌，遠處應該是海……。接到明信片的時候，你竟不由自主的嗅到了那種香料船腐朽的味道——那是你與R在紐奧良的記憶。

於是，你意識到，人世間還有許多尚未成爲信物的信物，在時間之流不同的角落中等待著偶然。只要時候到了，每個不知名的信物都可以是愛的信物。它們全都在黑暗的遺忘的國度中，如螢火般悄悄地明滅著。

然而，你也不免想到，有些往事是你想忘記的，你曾經把所有信物都摧毀了的。

然而，記憶與信物似乎有一種奇異的共謀關係，它不聽意志的使喚。它們最愛做的事就是切分、支解、錯置你的生活。你終於了解，信物的生命遠比你想像的強大，而且它們無所不在。

你深信，信物的的確確皮藏著我們的記憶。它只是不輕易告訴我們如何開啓記憶之門，或者裡面究竟藏著些什麼。楓葉原是爲了尋找夏日迷宮的出口，卻開啓了另一個迷宮之門。你在迷宮中蜿蜒，有些探險的驚喜，有些忐忑的惶惑，並且知道，蹉跎將是無止境的。

你撫摸著楓葉的表面，在葉脈之外，似乎還有一些增生的紋路。你放鬆了下來：信物從來就不是鑰匙，而是迷路的開始。你隱約覺得似乎人求諸於記憶的，就是一再迷路的權利。

但即使信物如普魯斯特所言，把康伯雷海邊的夏天一一喚回，喚回的眞是童年的海邊嗎？你曾爲之柔腸寸斷的往事終於如你所願又歷歷在目，但是這一回你看得更清楚了嗎？你回到輕井澤、嵐山、普羅旺斯，一切必須重新來過。你努力端詳著S，但她在無邊漫延著的嵐山秋色中，眼神只是變得愈發的令人無措。

你環伺身邊的東西，是信物的，不是信物的，有形的、無形的。它們每一個彷彿也都回望著你。想對你說些什麼似的。你毫不懷疑你的生命都藏在這些東西裡頭。它們想是正等著在夜半復活，就像過去永遠未曾過去、戀情從來不曾死滅。你想像它們在你入睡之後，全都悠悠醒來，開始顫動、起舞、瘋狂迴旋……。但此刻，他們只是望著你。等待著。

你與他們保持著曖昧的距離，你對他們略略側首，訊息終究並不明確。

# 航向加德滿都

就像許多學佛的西方人一樣，M也讓你覺得她與佛學是兩種因緣。雖然你並不懂佛學。

她是個很靜的人，但是那是一種不安的靜。你們遇到的時候都會像美國人一樣聊上幾句。但她的眼神總是在與你說話的時候飄離你的視線。直到你們和其他幾個研究生一起組了Never(s) Vendredi的詩社後，才逐漸熟絡起來。她與你說話還是不改那種若有似無的不專心，或是羞澀。因此，有一回她看過你的詩〈失散的身體〉之後，竟然主動與你談起身體這樣的話題，讓你有些訝異。她若有所思的念出其中的一段：

常常不確定自己擁有身體
它屬於許多的時空與記憶

彼此互不連屬，互不相識
偶爾回家與你敘舊
總在別人來訪前離去

然後她側過頭問你：「這眞的是你對身體的感覺嗎？」我說：「是。」她說：「我也這麼覺得……」她臉上有點赧然。這種話題難免，而且她也不是會長篇大論的人。

她喜歡穿寬鬆的衣服，因此，你很少特別仔細看她。直到有一回，她先生JP把他爲她拍的照片給詩社的朋友們看。是那種職業攝影師拍的照片：在樹林裡，她赤裸的躺在一塊大石頭上，身體的線條極爲明顯，卻看不出是她。不只是因爲不是近景，而也是因爲你很少意識到她有那樣的身體。

然而她對身體的態度是很矛盾的……。

你第一次去M與JP家的記憶非常鮮明。櫸木地板上簡單的放著日式蒲團、音響、陶、幾盆植物，擺設極雅致而隨興。看得出來兩人中必有一人是有點品味的。音響上播放的 Wes Montgomery 剛好播到《Days of Wine and Roses》。熟悉的吉他聲，讓你想起你在 Blue Note 的某個下午。窗外羅斯福路上的陽光，被你年輕、對未來充滿好奇的想像渲染成一種柔和的淺黃。你握著P的手，仍然聞得到她在清晨沐浴後淡淡的香味。但對你這個過度早熟、在那個年紀就聽爵士樂的人而言，即使是身在慵懶的幸福感當中，也不免摻雜著某種有如天生的抑鬱。你不喜歡思考明天，但明天總是緊跟著你。

「你喜歡這首曲子嗎？」你從記憶中驚醒過來，連忙點頭說是。她接著又用法文說：「這就是人生囉。」起先你不甚確知她的意思，乍聽似是她對北加州的美麗人生的感言，又覺得「C'est la vie.」這句感歎的話是不容許如此解釋的。直到好一陣子以後，你聽到Tony Bennett演唱的版本，才知道其實是首感傷的歌。

醇酒和玫瑰的時光
像遊戲中的孩童
在笑鬧間逐漸跑遠
穿過草地，奔向一扇即將關閉的門
一座以前不曾存在的門
且門上寫著
「從此不再」

離開北加州前的那個暑假，有天M突然來電話，告訴你她與JP離婚了。你們約了在街上見。一年多沒見，她還是原來那種藏著身體的感覺：寬衣服、黑邊眼鏡、有點赧然。你想起她那年對《Days of Wine and Roses》隨口說出的感歎。但此刻你們在陽光與微風中，正朝著Palo Alto街上一家音樂很好的咖啡館走去，似乎不必有任何的感傷才是。

在咖啡館中，突然聽到Cat Stevens的《加德滿都》。你們倆人都明顯的爲此感到驚喜。她沒想到你也喜歡Cat Stevens。那麼輕盈飄忽如煙雲般的樂音，與窗外明亮的下午、湛藍的天空、典型的北加州的醇酒與玫瑰的時光，有些互不相讓的意味。「總覺得，在加德滿都這樣的地方，一切都是靜止的。」她說。你懂她爲什麼喜歡這首歌。但北加州呢？「在加德滿都的河谷中。」她半認眞的回答。接下來談的都是音樂的事。最後她說家裡有整套的Cat Stevens，以及那個年代的另類與半另類音樂。

在她家後院木板架起的平台上，你們又聽了一次《加德滿都》。慢慢落下的黃昏帶來了些許舒爽的涼意。話題又回到了身體。「還覺得身體是四分五裂的嗎？」「你呢？」你沒有回答，反而微笑著反問。「很難說帶走了多少。要很久以後才知道。」有點答非所問。但你知道她的意思。你們始終沒有談JP和她的事。

你突然想到什麼似的問她，學佛是爲了逃避自己的身體嗎？她有點尷尬的笑了。她推推自己的眼鏡，對你說了許多。你覺得自己對佛學淺陋的知識與理解是無法與她對談的，但你很確知她是那種常常需要讓自己的身體靜下來的人。她又推了推眼鏡，一時無話。你伸手幫她把眼鏡拿了下來，這才第一次看清楚她的眼神。她摘下眼鏡以後，是極爲明艷的一個人。這也讓你了解到了她對身體的苦惱確是良有以也。

你撫摸著她絲質的家常衣，一時不太確定那種觸感到底來自她的絲質的衣服，還是她的肌膚。「People can see us.」她模糊的嚅嚅著。但如果你們沒有身體，別人自然看不到。「I'll remember you the way as I feel you now.」但她悠悠的說：「我的身體並不是爲了供人記憶的。」你是爲了記憶她的身體而擁抱她嗎？

有好一段時間，每到一個城市，你總是試著把它的街市踏遍，想藉此能記住它所有的一切：巷弄的轉折、街廓的氣味、光影的變幻……但他們總是在你離開之後慢慢逸出你的記憶。巴黎、紐約、東京、維也納、安特沃普、柏林、紐奧良、舊金山、薩爾斯堡、西雅圖、史特拉斯堡……慢慢都剩下了一團模糊的情調和一些零碎的記憶。關於人的身體亦然。

所以，你能理解她對身體的態度。身體可以是那麼強烈，但事過之後，也可以杳無蹤影。她害怕那種身體帶來的無常。在身體不安靜的時候，她總是強烈感覺到自己的存在，但同時又如即將失去自己一般的跌入了身體的深淵中。而最後在載浮載沉中終究難免隨著別人的記憶而流失。這樣的經驗使她對自己的身體開始不信任起來，但又更時時期待身體指證她存在的那一剎那。除非在加德滿都。

因此，你也不是眞的爲了日後而記住；而是爲了當下。她的朦朧的眼神、輕微的呻吟、滑膩的肌膚、散亂的長髮……。然則，關於未來你怎能說沒有企圖呢？雖然你是悲觀的。在那一刻你若全神貫注，此後或可靠著對那人身體的記憶追索自己失落的身體。身體雖是爲了讓人擁抱愛撫，也是要讓人記憶的……。這時，夜色已經開始蔓延，後院裡斷續有點蟲聲。音樂早已停止，但你耳中仍然流連著 Cat Stevens《加德滿都》的歌聲。你非常確知自己會記得她。只要聽到《加德滿都》，你一定會想起她和她的身體。正如《Days of Wine and Roses》會讓你想起和P在 Blue Note 的下午一樣。並不需要如M說的「很久以後」。

零碎的記憶你已經習慣了。如果明天是可以確定的，那麼零碎的記憶總是勝過那些勢必逐漸模糊的全景。但你並不是眞的想記住什麼，因爲明日是未可知的。而在距離的撕裂之下，昨日亦如風中遠颺的蓬草，更似未曾知曉一般。

那年夏天剩餘的日子都在M家過的。由於你開始玩爵士吉他，因此常聽 Wes Montgomery 、 Joe Pass 這些人。不過，老朋友 Cat Stevens 、 Don McLean 這些人也未曾冷落。當然再長的夏天都會很快過去。臨行前你告訴她：在北加州這麼多年，一旦離開之後，與此地緊密關聯的記憶，免不了數日內就會開始淡忘。她問你：「也包括我嗎？」你說：「I'll always remember you.」「Really?How?」「In Katmandu.」

# 夜宿卡拿托倫港

她在旅途中來信時，總不外與你在爭辯：關於愛的種種。這些爭辯的信札，總是讓你揣想起，她何以如此思慮。是因爲旅次的經歷嗎？或是與你的距離使然？人因爲思考而變得大於自己，又因爲思考愛而不復自己。這從她身上看得至爲明顯。但你原先眞的是刻意不受牽扯的看著她轉變的。

最初，她對仗工整，但你不甚喜歡：「即使在風和日麗的日子裡，想起愛情，便彷彿誤入了新雨後的竹林，又似乎倏爾已然薄暮時分。仍在尋愛的人，不外是因爲霧中風景而不能成眠；戀愛中的人，也在燈火明滅中摸索前進。只有偶爾零散而轉瞬即逝的片刻，視野會突然清明起來：於是，你鏗鏘的告訴自己，『我已懂得愛情』。然而，也許是愛情已懂得你也說不定？」你覺得她說得很是，但你輕易的不置可否。

她逐漸善用比喻。但你也覺得過於機巧：「愛情的迷宮，畢竟易入不易出。徘徊在迷宮中的人們，常以爲眞愛就是出口，但眞愛與迷宮中蟄伏的獸，或竟隔鄰而居？若眞能走出迷宮，愛也能結伴同行嗎？若再也找不到出口，是否又更接近闖入迷宮的初衷呢？」你雖不能不略爲所動，但那應是對於精巧的讚許。

一日，她忽地在邏輯上錯亂起來；她這樣寫道：「在公車上，昨日的我與明日的你擦肩而過，或從此相忘於人世，或成爲怨偶。但明日的我與昨日的他又在下一刻的街角撞個滿懷，並且在悲傷咖啡館，留下無法忘懷的記憶。但那是美國的南方。多年後，昨日的你又與明日的他在煙霧迷漫的仿英式小酒館搭訕成功。話題中偶爾提到我：陌生，但依稀有些不願磨除的痕跡留下。」這封信畢竟讓你因她而開始沉吟，眼前那煙霧有如詩的帷幕般升起。你開始尋思是否應毅然將之掀起。

然則，隨後你便知道你終須放手。因爲，她的最後一封信不久後來到，僅簡單的寫道：「夜宿卡拿托倫港。我在日出時攸攸醒轉，忍不住向窗外望去：午夜航入的巨輪，已然消失無蹤。旅行的記憶有如愛情的來去；在愛情的去來之間，我們旅行。」

# III

## 薰衣草之路

今日驀然

# 唯一的光

風雨略大的夜晚，你又需要晚睡了。搬到這幢位在十二樓的大樓公寓以來，開始愈睡愈晚，也開始注意到了不同的城市的夜。城裡你也長期住過，但一直都困處在大樓與大樓之間，對城市之夜的了解都是局部的。這麼高而不被阻隔的視野，在城市裡是第一次。鄉野裡的黑暗你這鄉下人早已習慣。但城市的黑夜本來就容易讓人寂寞。從高處看來，總有種難以言傳的虛無。在風雨中更分外濃厚起來。幸好——能這麼說嗎？——有一個方向有一盞燈。黑暗中唯一的光。

其實那是一個全家便利店的招牌。在所有的燈都熄滅的夜晚，偶爾望出去，看到的就是那個招牌。你日常從來也沒仔細端詳過上面畫的是什麼，在這一刻，你不知何以把它想像成了一個頑皮的笑臉，在黑夜裡自顧自的傻笑著。《Nancy with the Laughing Face》那首爵士樂老歌突然覺得就是這樣的一張臉。

尤其在深夜的雨中，除了偶爾經過的車燈，只有那張圓圓的胖臉，是恆常不動的發著光。那就是都市文明的月亮。

在美國念書時，7-11留學生幾乎是不進去的，因爲物價比其他超市貴了很多，貴的原因正是因爲它營業比一般晚很多。然而美國多半的地方是不需要這種服務的。五六點之後，大部份的市區都變成了徒有通明的燈光、但沒有人跡的所在。駕車經過這些地方的時候，總覺得在經過一種不捨得逝去的文明。去過像紐約這樣的城市之後，你才開始意識到，留下燈火隱約有種對虛無的害怕。在白日的盛事之後，誰都不願相信，城市會變成那樣一個黑暗空洞的所在。

在台灣（或日本），二十四小時便利店遂變成了救贖：在黑夜中一切都往「無」趨近的時候，它敞開門說，我有很多。有回到日本住大阪的鬧區附近。晚上出去便利店買東西，整條街暗沉沉的，燈光偶有也是疏落至極。你在意外中終於有點了解，爲什麼日本是二十四小時營業便利店的起源地了。

但城市熄燈的時刻何以讓人不安？深怕城市那種要給人很多、而且要不斷的給的造夢邏輯會中斷吧，而在內心無來由生出了一個黑暗空洞。這就是二十世紀末以來城市的兩面手法：它造出了那黑暗空洞，又在風雨再大的黑夜中，也點著燈，等著不敢面對黑暗與空洞的顧客上門。

# 江南古鎮

原定去周庄，但上海朋友說那邊人太多了。烏鎮是新開發的，風景類似周庄，但沒有那麼商業化，你們就去了烏鎮。

據說烏鎮如同周庄，是江南水鄉的典型。你對它懷著無限的期待，但因爲你已去過蘇州，心中擔憂再次遭遇那麼巨大的失望，而不免情怯起來。

在蘇州的市區，你不只一次看到「發展是硬道理」這樣的標語。所有的當地人也都爲他們的工業區感到無限的自豪。但你看到的蘇州，卻似乎也就只剩下了這些東西。當然你也去了那些園林。無如你覺得它們都局促於一隅，全然不似蘇州的一部分。蘇州關於水鄉的記憶，似乎就只剩下了一條臭水溝。

這是可以理解的，在「發展是硬道理」的思維下，一切舊的東西，都是可以隨意輕賤的，因爲都是舊中國的。正如已經先行的台灣，它是連臭水溝也變成了硬道理。

到了烏鎮，你與友人彷彿推開了一堵無形的硬道理的牆，突然跌入了時間已靜止的另一個世界，一個令人感動不已的舊世界。

你們沿著小河窺看每一戶人家中儲存的舊世界，精緻的極像是一個你做了很久的而不忍離開的夢。但你感覺得到它在白日的包圍下，正隨著時間以明確的節奏流失。你試圖用你微不足道的記憶阻擋這一切。你貪婪的以雙眼四下探照，也忍不住想要觸摸那仍在各種物件上傳出輕微脈動的老靈魂……突然你意外的看到台灣的老靈魂竟也徘徊其中，像幼時你家隔壁的阿婆，又像是你從未見過的老祖母。她對你揮揮手，意思想是「算了吧」。

回過神來後，果眞看見在略暗處有位老太太端坐著。一時間，你感到自己的企圖好似窗格上的腊紙般在強風中鼓起，那種即將崩裂前的飽滿，令人心驚不止。你不忍的離開了大概兒孫都在外地謀生的老太太。

回程，你們坐上了一艘小船。船在水道上兀自漂著，日已西斜……四下無聲……鄰近一隻想是昏鴉的水鳥……也只輕輕咕噥了一聲……

突然，欸乃一聲櫓聲，讓你自夢中醒來，你本能的張大雙眼：在飄忽的煙嵐中，你彷彿看見霸氣的煙囪與傲慢的高樓在四野升起，在中國的土地上成爲無法抗拒的巨人……

# 看不到海 Blues

到佛羅里達去，有一個重要的目的是去看海。加州的海灘很有自己的特色，唯一遺憾的是水太冷，不能戲水。因此海灘上常有一種獨特的冷清。但其實你反倒喜歡。不過，有時候你也會有些鄉愁，懷念兒時在海邊戲水的樂趣。寒冬中南下佛羅里達，其實懷著更多戲水的企圖。

你們從新英格蘭的冰天雪地中搭機南下，到了佛羅里達立即就是夏天般的明亮，讓你們迫不及待就換上了短衫短褲，租了車就一路往海濱開去。你在美國念書多年，原以爲對美國了解已深，以致對美國的想像中，不免有過多不切實際的期待。你以爲在這樣自由的國度，要到海濱，只要筆直往前走去就是了。

然而，在佛羅里達，通往海濱的路竟是少之又少。

你們的目標並不是像邁阿密或狄通納這些知名的海灘。而是較偏靜而雅致如加州的卡梅爾或蒙特瑞，但又能戲水的海灘。沒料到所有通往這類海灘的路都在抵達前被截斷。在路的盡頭總會立著一個牌子寫著「私人財產，請勿踰越」。最後一次被阻絕後，長日已到盡頭。你們在下降的暮色中，眺望已經近在咫尺的海灘，惆悵不已，遂決定停止尋找這些永遠找不到入口的海灘。

每條被截斷的路都終止在一批富麗堂皇的宅第之前。從前門望去，多少都可以看到後院的海邊停著遊艇。在陽光下，遊艇鮮艷的顏色讓人輕易的燃起航行的欲望。但你們此時擱淺在公路上，被私密的領域所包圍，無法脫困；海灘已變成了禁忌的，少數人的。

什麼時候這個世界突然連海灘都不能踰越了？你飢渴的回憶幼時在海灘上自由的奔跑……你常在奔跑時想像，只要轉過海角就是一個全新的世界。更何況還有所有那些與海有關的聯想。因此，海灘對你而言一直都是自由與踰越最基本的暗喻。

次日你們有點不情願的到了邁阿密海灘。海灘在這個季節人少一些，大體而言乏味而略髒亂，仍然可以感覺得到遊人過多而留下的痕跡。你不由得想起長大後到過的台灣的海灘，接著又想起台灣的西海岸——從台中開始往南，甚至已不容易看到像樣的海灘；多半已經變成荒廢而髒亂的海埔地……又覺得你似乎太苛責美國人了？

海灘，佛羅里達與台灣的，看得見與看不見的，都明白的是我們這個時代的徵候。

# 春雨遲疑

突然，你想起春雨的感覺。你憶起了那首歌，關於母親與春天的雨：隱約記得其中有一段是：「……春天，窗外下著細雨……」寫詞的人輕描淡寫的把春天與母親聯想，卻顯然不是信手拈來。當然，這也不是太大的創新，但簡單的說著春雨與母親，對於習慣春雨的人，倒確是有強烈的感染力。你長在雨都基隆，一年三百六十五天，雨下個不停，但唯有在春雨霏霏時節，你的心中沒有鬱結著。

春雨時節，細雨若有似無的灑在你窗前的橡樹上，灑在竹籬底部的美人蕉上，灑在籬外野生的林投樹上，灑在院子裡遍地的豬母乳草上……你彷彿四處都聽得到某種雀躍的聲音，有如那時你家對面的小學生唱遊課歡樂的歌聲般遠遠傳來。

小鎮的一切都如常進行，但人們似乎按捺不住某種滿懷期待的情緒；在廟埕上喝斥小孩時，都在尾音上流露出笑意。

「春天……窗外下著細雨……」這首歌最令你動容的一次是胡德夫某回在母親節所唱。唱這首歌前，他先提到那年他隻身從東部到淡水的淡江中學念書。他記得開學不久，看見窗外下著細雨，便想到這首歌……但這首歌那麼的打動你，不只是他將它獻給所有的母親，而那時你的母親正因絕症住院。更是因爲那首歌也是獻給大武山這位母親。那種人對自然的崇仰在一般音樂裡早已絕跡。他的歌聲滲人肺腑，是因爲那是出自一位眞正了解哺育來自自然的歌手。

你不記得什麼時候春雨曾經爽約過。你雖不曾特別期待過，但它的來到總會像母親般讓人安心，因爲春天是那麼的値得信賴。

你在沙漠型氣候的加州留學，完全沒有雨的天候一開始極新鮮，但在恆溫恆乾的狀態下，久了對雨竟有一種輕微的鄉愁。但現實中卻有對當地人而言更嚴重的問題：沙漠中人愈住愈多，水要從哪來？不外是靠科技，就像許多其他的狀況一樣。但科技是很難節制的，尤其與商業結合之後。

今年，春雨遲遲不來；是什麼原因讓自然亂了步調，自也無需多問。你想起前一陣子《時代》雜誌登了一張照片：一隻企鵝獨自站在一塊因爲暖化而自大陸裂開的冰塊上……你不免心中無知的問道：此後，牠是否就只能在那塊小小的冰上獨自度過餘生了？

# 你喜歡的與你期許的溫情主義

一位風流倜儻、但對婚姻始終抱持疑慮的朋友，在電話上談起要結婚了，因爲「最近常看到獨居老人暴斃的新聞……」他當然是一貫玩世不恭的開著玩笑。沒想到過了幾日你竟在一部號稱是「進步」的電影裡看到了這樣的邏輯。故事敘說一個七〇年代的北歐公社如何「人性化」的過程。從公社需要人性化出發，就已經道盡了本片修理左派的企圖心。這姑且不表。倒是片子標舉「把愛找回來」爲救贖之道，尤讓你爲之悚然。

倒不是愛有什麼不對的。而是什麼愛才是救贖的問題。愛可出自「愛若斯」（Eros），也可出自「愛加倍」（agape）。前者之愛是眾人所熟知的，從個人欲望出發的愛；「沒有你的話，我……」，那種執著確叫天亦爲之老。但既是從自己的欲望出發，愛便不得不以己之期望求諸於人，便免不了爲了不合己意而有所摩擦，乃至衝突與最終的幻滅。

「愛加倍」則原則上是只論付出、不計得失與利害，也就是所謂的大愛。超出了個人欲望的愛雖可能少了纏綿，但卻可以看到另一種日常無法睇見的光芒。杜斯妥也夫斯基的《地下室手記》一書中，妓女麗莎就是因爲能拋下自尊敞開自我，而能看出男主角羞辱她其實是因爲心中受苦，故仍然如母親般對他張開雙臂。她所呈現出的愛便不是一般的「愛若斯」，而趨近了「愛加倍」。

當然，你不認爲所謂小男小女的愛有什麼需要譴責的，甚至應該備加珍惜，因爲那是通往「愛加倍」所必經。但「愛若斯」終究是過程，「愛加倍」才是那頂峰——你雖暫不能至卻心極嚮往。

那麼，一部認眞的電影如何能把私己之愛引爲救贖？更何況這種「救贖」的萌發竟是因爲男人害怕自己成爲獨居老人！他因爲害怕而決意以後要洗碗、要讓太太出去工作，而變成了一個新好男人。你並不是說 With or without you 不動人，你甚至於是喜歡那種情調的：在仲夏的夜裡，你充滿渴望輾轉難眠……但關鍵就在這裡——你不認爲個人的喜好可以取代事理。

所以說，光是恐懼失去而找回的愛，是無法成其爲救贖的。即使你是喜歡溫情的，溫情卻不能廉價；你也不特別欣賞極端，但折衷也不等於和稀泥。否則哪裡來的救贖？不過就是回歸主流價值罷了。

# 薰衣草之路

S從法國鄉間寄來一張照片，照片中她站在一大片紫色的花叢中，看起來不怎麼像她，而像另外一個人。或也許更像她自己，一個她從來不曾接近過的自己。看來她是快樂的。

照片背後只簡單的用法文寫著：在薰衣草之路。猜想她是站在一片薰衣草中間。至於「之路」？讀她的信，才知道這是一條看花的路。沿著這條路線，想在薰衣草的季節看花的人，可以一路走下去盡情看個夠。

她說許多年前她曾自助旅行到法國，就是爲了看薰衣草，但卻因爲路線不熟，錯過了花季；走了許多地方總沒有看到大片的薰衣草。零落而過季的花只給她留下了一種寥落的記憶。她於是立誓一定要再找機會回來走一趟薰衣草之路。

難怪她露出了許多年不見的快樂神情。但那是因爲她找到了自己嗎？或只是因爲紫色？

紫色給人一種彷彿的暈眩感。你這從小暈車的人，對於這種低頻的暈眩卻是備感其誘惑……那麼，你看照片時對她的觀感，就有點難以判斷是她的神色本有點迷離，還是你面對紫色時心神有點迷亂？

但或許不是顏色之故……

然則，此刻你爲了她找到了薰衣草之路而感動異常；無論如何，你深信她求仁終於得仁。你祝福她，也有點羨慕她。但就在那一剎那，你想起，在你生命中，你已經有過一條紫色花朵的小路。那是你住在淡水山間的少年時日。埤島里林仔街十八號再過去一小段路，就有小徑通往右側山坡上。第一次走那條小徑是五月時分。上坡之後不久，小徑就進入了一片這一帶常見的相思林。但在樹林基部，卻開滿了紫色的酢醬草花。遠看，纖小但密集的花朵，如同漂浮在綠色海面的紫色微波。小徑就在其中毫不匠氣的蜿蜒。走出這條路的可能是種田的老農、可能是淘氣的孩童、也可能是採野菜的村婦。總之，小徑就是在那種無心踩過、不久就癒合的意趣中蜿蜒。四下安靜無聲，唯有夏日的微風偶爾拂過林間，你不知不覺走了許久……

那是你的酢醬草之路。但在這些把物質現代化當做宗教的年代，它的命運也是可以預知的。

然而，你的酢醬草之路雖早已不知去向，記憶卻始終鮮明如昨，因爲那一條路不能只是一種暗喻。只要記憶不死，就會爲那一條路——不管是酢醬草或薰衣草，甚至未必是紫色的——而尋找，一切，就都有可能重新來過。

# 巴哈與清水祖師

週末驅車回家，居然碰到大塞車。回淡水在這個時候塞車並不常見，除非是拜拜。你心中一動連忙計算，原來，幾年沒回淡水吃拜拜，你已經忘記了清水祖師爺的生日。端午的次日就是這個一年一度的大日子。此時，你已聽到遠處傳來的鑼鼓及民樂聲。車子在動彈不得之際，鑼鼓聲已經漸漸逼近。此時車內你還放著巴哈的大鍵琴。窗外嗩吶、大銅鑼與鐃鈸交互呼應的樂聲毫不猶豫的正趨近了某一個高潮。大鍵琴的樂聲也相對似將被淹沒一般。你輕輕關掉了收音機，並且轉頭問兩個孩子，好玩嗎？他們兩個人都正把臉貼在窗上，目不轉睛的盯著窗外的遊行隊伍，聞聲不約而同的說：「好玩。」你收起了焦躁趕路的心，靠在椅背上，任由窗外的樂音擺弄你的思緒……

淡水，淡水。這正是你所熟悉的節慶的淡水。你的青春期正是在這樣的音樂與Beatles、Carpenters及Creedence Clearwater等英美流行音樂中度過的。你在兩者中有所掙扎，但迄今未有最終的取捨。雖然總有人說「取捨」或許是不必的，但這個「不必」本身是否就造就了某些不可欲的可能性呢？比如，眼前這種樂聲已經不知不覺被你所遺忘。

日前你應邀參加一個關於淡水的座談會。在會上你與在座另一位據說是淡水人的學者，都宣稱淡水是「我的淡水」。你不過是表達你對淡水的濃厚感情罷了。但另外一位顯然也是表達了他對淡水的感情。然而，這種各自表述淡水的過程卻似乎造成了某種因爲企圖獨佔而互斥的意味。但其實感情未必一定獨佔，至少你全無此意，因爲你認爲你所知道的淡水是極私密的，未必涉及別人的淡水。因此，你對另外一位先生近乎斥責「外地人」的修辭與情緒，頗爲意外。

相當程度而言，你對他所說的「外地人」對淡水的剝削，也能共鳴。「外地人」對淡水粗暴的想像，確常對淡水給予誇大的描述；大量觀光客的湧入，也破壞了淡水小鎭的氣氛……然而，你想到從你國中到此刻淡水的變遷，你委實覺得不能全怪罪「外地人」。淡水人自己對淡水所做的種種「開發」工作，恐怕才是淡水面貌殘破的主要原因。

但他說到他對淡水深厚的感情，可溯自他的家族百年前航過大洋從英國來到淡水等等的時候，你楞了一下，細看他也不像是外邦族裔，何以有此一說？事後才聽說，他是個虔敬的基督徒，馴至以基督教的傳播史爲自己的家族史，因此說起漂洋過海竟會理所當然。你這才恍然大悟，這位先生對淡水的情感，其實並非建立在對土俗文化的珍惜上，而是出自一個基督徒的自負與使命感。

基督教文化一定程度當然也是淡水的土俗。但是不是淡水人都熱愛基督教，從每年清水祖師爺的拜拜之盛大，自可看出端倪。這位先生在那種時候恐怕是輕蔑或不滿「淡水」的情緒多於疼愛吧。

但他卻在某個談論淡水的場合裡，代表了淡水全部的土俗。他侃侃而談「他的淡水」，並表示不容他人以言談或其他方式侵犯淡水。他的愛是那麼的高尙，同爲淡水人，你理應爲之動容，不過，你認識的淡水畢竟與他不同，那麼，他所描述的與熱愛的當然只是「他的」淡水。他那個以土俗爲外貌、現代化爲核心的淡水，或許與淡水殘破的現狀，是有些干係的。

你的車子陷入了一群情緒激昂的舞轎者當中，此起彼落的鞭炮聲與持續高亢熱鬧的樂聲，讓人覺得這一幕就是永遠了……你回過頭對兩個孩子說：「趕快看，他們一下就會過去喔。」

# 同學會・二〇〇二歲末

同學會在一家新近知名的法國餐館。你遲到了。學生的論文口試在即，但因爲已在中學實習，寫作速度慢了許多，因此你一直改到快下班時才把最後一稿改完，隨後又得參加五點鐘進修部的課務會議，到餐廳時都過七點半了。一進門，整個房間人都叫鬧了起來：「系主任終於到了！」你苦笑著忙向大家討饒。

坐定了叫好餐，開始寒暄後，你注意到同學們興致高昂的表情又勝以往，彷彿歲月的包袱與生活的壓力已完全被擋在門外。這兩年來同學會的頻率愈來愈密，你也一反常態密集的參加，你懷疑這意味著你們已經到了一種開始會懷舊的年紀了？還是世局或國事讓你們漸漸體會到了人生的無常？但不一會兒，你卻發覺今天聽到的言語竟都分外犀利，彷彿室外的一切需要更猛烈的切割，才能暫時排除。

優雅的量販公司人事主任D被人問起大陸工作的心得時：「哎，變得會當街跟人吵架……但物價便宜倒是眞的，在成都剪髮只要六塊人民幣……」D說話時的口氣與伸出的手指，似乎都因爲經濟壓力而磨出了薄繭。不久就有人把話題轉向經濟與退休金，接下來不外是一陣唉聲嘆氣，遂有人建議換個「快樂」的話題。

於是，大家問起外文系的近況。同學們你一嘴我一舌的，也不等你回答，就問了一連串問題：男生是不是還那麼少？文學課是不是還那麼多？老師教書教得怎麼樣？……今昔之比不外是要經由眾人的共感，能更勇敢的面對創傷性的事實——畢業已經很久，甚至兒女都準備進外文系了。

唯一的「班對」Y與S是基督徒。Y素來風趣，但信教後近來顯然善感許多。他本來始終說著俏皮話，不知怎的轉到了他妻子身上：「外文系的女生都太叛逆，花了太多時間在與體制的抗爭上。我老婆就是個活生生的例子……系主任同意嗎？」你毫不思索的回答：「同意。所以我才會當上系主任……」在座女性是絕大多數的同學們一陣歡呼——顯然她們認爲你言不由衷，但其實你全心的同意他說的。你那個年代，外文系的女同學除了外貌受人稱讚，在心智上令人驚艷者更不計其數，但多數都被家庭所埋沒，否則也常在與社會的衝撞中消耗殆盡。大家隨即回過頭勉勵他因此更要疼惜他家的外文系女生，也讓唯一的「班對」長長久久下去。

你突然注意到向來興致高昂的編譯Z今天沒怎麼講話。你隨口問何以如此。原來，堪爲外文系女學生表現之指標的W，最近傳出略有病痛。她向來健康，因此大家很意外。Z與W是高中同學，感情很好，因此尤其傷感。Z說這都是命，並追記起少女時的種種……

之後，話題慢慢轉到了國事上去，你開始有點擔心，深怕一言不合，以後同學會就辦不下去了。結果倒是出你預料之外，居然共識極高。最後大家在苦無出路的氣氛下，突然想起F是研究命理的，遂向她問起運勢。此時，連基督徒「班對」也正襟危座起來（雖然臉上帶著寬容而略顯尷尬的微笑）。「……當時矽谷那些人……怎會相信泡沫化……輕易致富的時代已經過去……」她一路說下來，氣氛反而愈發凝重了……

同學會最後在F關於未來的預言中結束：「二〇〇三年，一切大壞，諸事不宜……進入艮卦時代……平實努力才是上策……」

# 忘記中國

在上海的那個乍看與澀谷幾乎沒有兩樣的地鐵站旁，你們走進了某商城的地下小吃街，你與同行學生轉了一圈後，發現與台北的小吃街真是像極了，除了賣鵝肉的極少、賣菜飯的多些。你隨便選了個菜飯的套餐，靦腆的學生選的則是三商巧福牛肉麵。吃飯時你問他對上海的感想，他雖然吃的是三商巧福，口中還是說「不錯啊」。看得出來遠比實際感受低調。

小吃街放的流行歌，仔細聽，也是台灣的；在龐大的空間中迴盪著，有點虛幻，好似反映了它可能朝方生而暮已死的命運……你禁不住開始想像，十多年前上海人在上海聽到台灣流行歌時，是什麼樣的心情？一種遙不可及的夢幻差堪比擬吧？但十多年的時間真的算是長時間嗎？否則這麼巨大的改變是怎麼發生的？那流行音樂是如何從夢幻而開始有點虛幻了？總不外是這十幾二十年來，某些台灣的人刻意給予了台灣一個虛幻的命運吧？一個必須「告別中國」的命運。但一種夢幻結束後，還是會有新的夢幻取而代之的。

前一晚在上海觀光新據點「新天地」蹓躂，迪斯可門前突然有學生模樣年輕人發生衝突。眼前刹那間浮現了有回在 Kiss 門口看到的類似場景；南方口音與酷麗打扮都讓人產生這種錯覺。走進 pub 裡頭，更是滿眼的 beautiful people。新天地正中間是家香港人開的店，各種妖嬈的霓虹燈雜湊在一起總覺刺眼。你問上海朋友L，對這種地方到底是何感覺？

L很張愛玲的說：上海就是外邊的那一層金碧輝煌，撕開來後是不忍卒睹的。所以上海連知識分子都少了點該有的氣味。但後來你看他在舞池裡展露他那高超的交際舞舞技時，不免對他先前的說法感到莞爾。倒不是說他不像知識分子，而是，他實在像上海人。

上海也許只有面子，但大概就是那個講氣派的氣氛，讓上海人的眼睛總是看著世界吧？也許正因爲這樣，上海人早已經忘記中國，而跑到前面老遠了。台灣給自己的虛幻命運卻是要跟中國不斷搏鬥、不斷「告別」。但那個如「吃人老母」般的中國在哪裡呢？你問上海人，他們大概會說那東西是北京，不是「中國」。這是他們看得透、也看得遠的地方。

這倒不是說你和一般人一樣不明就裡的迷上海。其實上海讓你覺得有意思的地方不是她的新，而是她的舊。你到上海之前把她想像成一塊橫肉，只有乏味的現代性、沒有深沉的歷史感，故沒有太大興趣。深入上海後才發覺，不說別的，即使她的外觀都留著深沉的歷史痕跡；百年以上的舊房子，到處都是。從這點看來，上海畢竟從來不曾忘記「中國」。她曾經是那麼的洋化，卻還是深深的活在「中國的日夜」中。

這麼一來你倒有點擔心了，因爲上海某種意義上來說是在學台灣。當她愈在意現代化的時候，愈會想起「中國」，那個被人認爲會詛咒現代化的「想像中國」。那麼，那些老房子就命運難卜了。

走出小吃街，走到大街上，這個好幾條大街交會的所在，乍看與澀谷幾乎沒有兩樣。但陽光眞的有點刺眼。上海正站在十字路口上，或走上，或避開台灣走過的路。關鍵就在於：只要忘記中國，無需告別中國。

# 你知道你姓星川

你獲知你原姓星川時，受到了極大的震撼。出生在漁村的你原以爲你的先祖來自古時候是一片大澤的盆地。你的想像偶爾會在海浪、礦場、稻田與果園之外的這個遙遠的地方略有逗留，但並不常如此。然則星川？這似乎有點遠得離了常軌。

這樣複雜的家族史使你不由得攤開了一份地圖。歷史隱然變成了一股龐大的力量，在你指間聚集。手指不知不覺在地圖上移動起來，在想像中勾勒起先民流浪的過程。你覺得有點異樣：一般都是華人往外地流浪，這樣反過來的流浪故事並不常聽到。

你又回頭想像，如果歷史沒有發生過，那麼你或許今天仍在本州的某個鄉下耕作，殷實而自足的過著日子，但，也可能，你已經在南洋的戰事中殉難。也可能你現在會是一個右翼的政客，正思忖著大東亞共榮之事是否可以重現。但，也可能，你是左翼的日本教師組合的成員，正大聲對下一代疾呼著右翼軍國之弊害……。

這一切都是極難想像的，那都曾是你生命中之最不可能。當初學日文時不知花了多大工夫才克服對日語腔調的嫌惡。漸漸你開始可以欣賞日本女子的作態之美，甚至於與日本女子來往時還學作想像中的日本男人之雄性姿態。如今你之於日本文化終於進入了自然而然的境界之際，竟忽而有了星川的姓氏！

你對R說，其實你原姓星川。R用日文回答說你在作夢，明明一臉中國人的樣子。這的確好似一場夢。然則，到底哪個姓氏是一場夢呢？你的近世祖先的？還是你遠祖的？他們之前又是來自何處？是否又是另一場更久遠的夢呢？

姓氏是一種有趣的遊戲，是一種人爲了不再於時光中流浪，爲自己尋得的虛幻的錨釘。但空間中的流浪卻無法因此停止。結果許多人還是改了姓。姓氏原先是爲了讓人知道你是誰，但改姓時卻顯示，有時候我們並不很希望別人太知道自己是誰。

流浪的欲望便是這樣產生了吧？你要到一個沒有人知道你的地方去。在那裡你要別人重新認識你是誰。完全不再有歷史的負擔。

歷史上多的是因爲姓氏而愛或不能愛、因爲姓氏而發生的衝突以致戰爭的事例，回頭看總是頗爲之不値。但一部歷史似也是因姓氏而具體有情。在大家都不太在乎姓氏的時候（尤其是姓張——全世界第一大姓——或姓陳——也是前幾大的人），尤其你已預知多數姓氏在時光中畢竟都會因爲婚姻或不婚而消失，你突的對姓氏產生了一種不知是否是班雅民所謂的「末見鍾情」（love at last sight）的情愫。不知到了大家都姓張或姓陳的時候，這會是個什麼樣的世界？

不過姓氏雖會消失，歷史可是追著人跑的。只要人類的歷史存在，姓氏就可能再次浮出地表與你撞個滿懷。比如，星川就追上了你。你一直都很喜歡諸如「夏侯」這類的複姓，沒想到有一天竟眞的有一個複姓在你的過去對你曖昧的招手。

你對星川一族是有興趣的，但不會因此而激情起來。你不過是想知道人爲何背著姓氏或放棄姓氏流浪。個人的流浪是永遠無法完全休止的，但族群的流浪顯然與對姓氏的愛恨有密切的關係；然而，只要不觸動那根愛恨的神經，姓氏也許可以成爲有趣而不帶激情的話題。

星川是你個人的祕密，沒有人需要知道。但在這個時代的這個點上，隱藏著又似乎對人不起。這是什麼緣故？人的那條神經在哪裡？又是誰愛扣動它？

你知道你姓星川，那雖已是久遠前的往事，卻也是不滅的歷史。你與之擁抱，喜慶重逢。但這只是你內在與歷史的和解，你不需要對任何人說明，正如先祖並未向你說明他們流浪的理由。正如你也可能不對任何人說明而再度流浪。

# 鄉音未改

二十世紀的最後某年，你有機會到你沒去過、但曾大量閱讀過的馬來西亞參加文化活動。事先你與大學同學K君聯絡。他在吉隆坡經商，但表示願意一路陪同。你雖婉謝但仍無法改變他的誠意。你一直記得他講過的、來台灣念書前在舅舅家發生的糗事。他來台前先從老家東馬來西亞沙勞越的古晉到西馬來西亞吉隆坡的舅舅家住幾日，因爲沒見過抽水馬桶，竟然就在裡面洗起臉來。如今他已是個商人，但看起來仍然樸實如昔。但不知是此地華人的華語腔調，還是你接觸的有許多是愛好文學或重視文化的人，你的印象裡，不只東馬來西亞的華人樸實，西馬亦然。

活動本身也安排了不少參觀。經過市區最繁華的地段時，女性義務導遊突然聲調激昂起來說：「那幢大樓蓋在那兒，就像一把刀切入華人的心臟，讓我們華人從此一蹶不振……」你驚訝於她那麼直接的修辭。你看看K，他有點尷尬的笑了笑。意思大約是他不迷信，但同意她的感情。其實你聽得出來，她對吉隆坡或馬來西亞是很感驕傲的。但她明顯的不快樂，就如同許多你認識的華人一樣。對他們而言，若愛國是要用同化的方式表達，是萬萬不能接受的事。而且，「同化了又如何呢？印尼不是很好例子？」K一貫略帶微笑的說。

隔日去參觀了一家華文報社，在門口剛好遇見一群來參觀的小學生。在異地一口氣看到近十輛遊覽車的華人小學生，且每輛車上還寫著四個大字「遵孔小學」，讓你無來由的震動起來。他們和台灣鄉下小孩極像，皮膚因爲陽光充足而略黑，口音則由「馬來國語」取代了「台灣國語」，並偶爾會聽到幾句閩南語或廣東話。

參觀完報社去吃晚飯的路上，經過一間大型中國寺廟，前面廣場正在演戲，似乎是歌仔戲一類的。廣場上聚集的人群，遠比目前台灣的野台歌仔戲觀眾多。由此就可以看得出馬來人爲什麼急於同化華人，民族國家的淚眼顯然容不下這麼大一顆沙粒。

之後你們跨海到了檳榔嶼。在檳城是由K在檳城的叔叔開車載著你與K四處覽勝。檳城也是乾淨樸實而美麗的城市。除了白牆紅瓦的殖民時期建築遍布四處之外，在市街上則都是那種中西合璧、似迪化街般的街屋。這個城市特有的緩慢的節奏，有如附近海濱的浪一般慵懶，其實很容易讓人忘記衝突或緊張。倒是你突然意識到，在安靜而偏熱帶的午後，沒有看到一個馬來人。一路陪同的K仍然帶著微笑說，「馬來西亞政府明示或暗示過很多次，這裡華人那麼多，又不聽話，乾脆像新加坡一樣獨立算了。」

經過某一個校園一樣的地方時，K的叔叔特別說明是「台商小學」。他說話時口氣難掩興奮。我問台商來是件好事嗎?他說：「台商來當然是好事，是經濟也是文化的好事。」他補充說，台商來了，馬來西亞政府也相對會對華人及華人文化好點。回到K的叔叔家裡，你們繼續著華人文化滅種的問題。他終於忍不住說起台灣，這時他的語言轉成了他的母語閩南語：「……陳水扁來我這的時，我就合伊講過，中國文化對阮來講是阮的根本，請伊稍湊三功一下……」你同情他的說法，但你了解台灣的自我認知，不由得思緒便隨視線飄到了他背後的神龕，並從彼開始在客廳繞了一圈。除了少數在地的文化產品，與一般的台灣家庭的擺設乍看竟沒有明顯的不同，但卻明確是兩種命運。

窗下稍遠處，又有三五華人車伕趴在三輪車上睡午覺。他們顯然又是另一種命。

# 虛擬北埔

聽聞北埔的種種已經好多年，好不容易有機會親炙。抵達時但見四處人潮洶湧，舉目望去，不過就是一般的觀光景點面貌。街邊販售的食品又與剛去過的內灣幾無二致。隔兩步就有人賣擂茶、糍粑、福菜、野薑花粽子、高粱酒香腸、由南洋娘惹糕改名的香蘭糕……

你不斷的四處張望，希望能看到一兩幢期待中的、類似迪化街的那種傳統建築，但你在小鎮內轉了幾轉，發現除了那幢名列古蹟的廟及幾個大戶人家的傳統住宅之外，傳統民宅似乎已經全數消失。然而，每家餐廳或擂茶店的門面與內裝卻都以仿古風的木料與竹材製品爲語彙，尤其是雕花木窗和木製招牌必不可少。放眼望去，這些仿古的店面，夾雜在粗糙的現代建築裡，竟似乎能讓不明就裡的人錯以爲這些就是舊北埔的遺跡了。當然，你見過淡水的骨董店、九份的茶藝館，或深坑的豆腐專賣店，知道這是一種被一再複製、正漫延全島的台灣鄉土。就北埔而言，你甚至都懷疑，滿街的仿古設計是否出自一人之手？

你們遍尋無著之餘在一家擂茶店歇腳，遂與店主人攀談起來。你問他原本北埔的那條街到底在哪裡。店主告以就是眼前這條北埔街。十年前縣政府爲了拓寬北埔街，而把街屋的立面拆除。拓寬後的街，雙向錯車都仍勉強，但已變得毫無特色。店主人指著牆上的大幀照片，說以前是這個樣子。方才市街上某些店面的二三樓，也架著巨型的舊時照片，來證明這些店鋪的確歷史悠久……

你看著那些因爲放大而模糊的照片，如幽靈般召喚著無法召回的、更像幽靈的過去，心中不免有些不忍起來……

北埔街爲什麼要拓寬呢？是不是因爲北埔成了觀光景點之後，交通流量大增？你想起聽過的一個笑話。一個美國青年在歐洲遊遍各國名城之後，感慨的說，這些城市遠不如迪士尼虛擬的歐洲好玩，因爲迪士尼既乾淨又舒適。「乾淨舒適」在這兒應是關鍵……

地方特色一定程度需要與商業機制配合，但與狼共舞一個不慎就會遭到狼吻。地方特色可以帶來商機，但商機一來，星巴克也來，麥當勞也來，凱悅也來，赫茲租車也來……最後當然會「乾淨舒適」多了，但與其他現代化城市也就沒兩樣了。

但舊的東西，眞有那麼重要嗎？除了觀光，還有什麼意義？

大陸安徽某地的副市長是個美國的MBA，上任後便因把千年古城拆光而引起軒然大波。他遂買了些仿古的器物四處擺擺，對抗議人士說，五十年一百年後，這些，不也都是骨董了嗎？

眞假骨董的差別在哪裡？就在其中所隱藏的歷史。假骨董是無歷史的。

你想起兩千年時爲開會而去的華沙。那其實算是個漂亮的城市。但在歐洲這些大城市裡華沙的觀光客最少。據說是因爲旅遊界都知道華沙是個複製品。在二次大戰期間，華沙遭到德軍無情的轟炸，全市幾乎夷爲平地。但波蘭人不忍其都城就此煙消雲散，竟憑著各種可得的資料，一磚一瓦重新複製了華沙城。新的華沙城可以說是一個純粹虛擬的城市，一個贋品。對於嗜好「道地」的人而言，當然覺得無味。

但對華沙本地人而言，複製卻仍比不複製好，因爲，失去歷史而產生的空洞，非如此無法填平。也因爲這種與歷史連接的企圖，使得華沙不是假骨董。

擂茶確是餘味無窮，但文化不能只留下吃的藝術。你抬起頭，北埔彷彿從眼前漂浮了起來：一座建築在空中的小鎭。有一天總難免要如肥皂泡一樣，在一個晴朗且乾淨舒適的日子裡，消失在空氣中。

# 域外檳榔記

你一次到馬來西亞時，你對當地的乾淨有很深的印象。你雖只是匆匆看過吉隆坡，但你不得不承認吉隆坡相對於當時（那是二十世紀最後幾年）的台北，是一個乾淨的城市（雖然你知道城市有它的另一面……）。你常聽到朋友對馬來人有點偏見的描述。但在吉隆坡，你似乎看不到與這些偏見對應的事實（雖然你知道這是個華人居多的城市；若是如此，不就更說不通了？）。你想問你的朋友K，但想到你剛到馬來西亞做客，便沒問出口。

你同時也覺得吉隆坡是個守法的城市。因爲隔天晚上，你們在馬來西亞大學校園裡，與當地華人學生閒聊至深夜，忽然看見遠處有摩托車駛近，上面的騎士戴著頭盔。幾位台灣來的皆以爲是校警，到了近處才發現是戴著安全帽的騎士，你抬起腕錶一看，已是半夜三點。那時候，台北還沒有強制要戴安全帽。你事後想問招待你的華人朋友

K，但終究沒問。

吉隆坡之後，你們前往有許多歷史遺跡的麻六甲參訪。一個重要的參觀點是峇峇的古蹟。峇峇是馬來化華人在此地的稱呼。在馬來西亞的歷史上有些單身到馬來半島工作的華人娶了馬來人爲妻，生活上雖仍堅持華人的風俗習尙，但因爲母系是馬來人，語言逐漸喪失，文化上也開始有諸多混種的現象。其中最吸引你的是一項關於婚姻的舊俗。導遊的說明是：過去的峇峇男性在新婚之夜若發現妻子並非處女，次日男方便可以在棉被上擺一個檳榔盒，女方便知已被休棄。風俗本身充滿舊時代對女性的歧視，但有趣的是，這個風俗的關鍵器物竟是個精緻如紅樓夢中所描述的銀製雕花「檳榔盒」。華人有此風俗，顯係受馬來人吃檳榔的習慣影響，而且那只銀製雕花「檳榔盒」更顯示峇峇已發展出相當精緻的檳榔文化。但離奇的是，在今天的馬來西亞，早已看不到任何馬來人吃檳榔。你問K是何緣故，K說大概是回教的關係吧。

「大概是回教的關係吧」這句話讓你細細咀嚼起來。原先你老往種族上去想，就不免納悶，同樣是華人居多的城市，爲什麼台灣的城市那麼髒亂，守法程度也有別？是馬來人的因素嗎？然而，拿台灣的城市與香港或大陸的純華人城市比較，又呈現其他不同類型的差異。以種族或族群爲思考起點，很難不墮入「民族性」這種思考惰性裡去，當然是無法解釋這些差異的。於是，另一種思考也就更誘人了：也許是現代化程度有別吧？

之後，你們到檳榔嶼K的叔叔家作客。檳城的名字據說是這樣得來的：一七八六年法蘭西斯萊特船長首度發現該島時，島上布滿濃密的熱帶植物，尤其是全島到處可見的檳榔樹，該島因此得名「檳榔之島」。但今天在島上雖然檳榔樹仍然隨處可見，卻沒有看到任何檳榔汁的痕跡。你在檳榔嶼只覺得悠閒，有種回到童年的感覺。檳城與吉隆坡現代化的程度都遠不如台北吧？

而回教也被認爲是未現代化的落伍宗教。所以，亂吐檳榔汁（或城市髒亂等）的問題竟然是現代化過度的問題囉？雖然你也未必喜歡活在基本教的世界裡。

從馬來西亞回台時，身旁一屁股坐下了一個全身酒氣的人，手中還握著一瓶XO，口中喃喃自語著。未久馬航空姐經過要他把東西擱好時，他忽地開始咒罵新加坡及馬來西亞這些「回教國家」，酒也不能喝，檳榔也不能嚼：「這些地方的人，夠戇的；有檳榔，不知吃。」如今上了飛機，他說他可要「大開殺戒」了。你在那薰人的酒氣中，一時突然有點暈機的感覺。

# 憂傷少年之歌

那回到倫敦初爾法格廣場旁的人像博物館，你們原是爲了去看拜倫、華滋華斯這些知名的文學人物，不意在一個不起眼的角落看到了 John Cornford 及 Ray Peters 這對年輕愛侶的一幅照片。旁邊的說明中提到在某個 party 上，某知名攝影師，看到了他們倆「如希臘雕像般的美」，主動爲他們拍下了這幀雙人近照。這個解說雖有點俗氣，但卻益發襯托出他們日後路徑的不俗。

照片中的兩個人都有一種出塵的氣質。Cornford 的神情尤其吸引你的注意：眼神堅毅，但帶著一絲孩子氣的無畏。關於他的介紹簡單數字，但字字似傳遞著某種接近詩的訊息：劍橋大學學生。二十一歲時赴西班牙參加內戰。加入無政府組織POUM。同年戰死。詩人。

Cornford 生在有錢人家，念的貴族學校，人也長得極爲俊美。然而他在照片中所顯現的「年輕而俊美」（young and beautiful）卻與一般的定義不大一樣。到底「年輕而俊美／美麗」眞正的意義是什麼？或者應該問，年輕如何才能美麗？

如果他沒有參加革命，而只是走著富家子弟慣常走的路徑，如今可能已子孫滿堂，甚至於位極「某董」、「某長」退休，也說不定。但他選擇了一條「較少人走的路」，並爲此孤注一擲了他的青春。因此，在你心中他是眞的美麗。把青春獻給了理想與熱情，這種生命的美麗出現在燃燒之中。

然而，爲什麼許多人都在燃燒後消失得無影無蹤，連張照片都沒有留下？年輕時意氣風發而互相睥睨的相識，許多都早在中年以前就不再有他們的聲息；有些人甚至可能已經燃燒殆盡。這是爲什麼？難道曾經激越過，就必須終生沉寂？你遂常自省，甚至自責：你們存活下來是因爲你們怯弱嗎？是因爲當年未經足夠的成長洗禮嗎？你們活著，並且擁有一點點所謂的社會成就，似乎就必須宿命的背負著對逝者的罪疚感……

你似乎別無選擇的陷入了一種兩難……

然而，有時候也可能是因爲一種對青春理解的方式使然吧。青春若從時間或身體的角度來理解，則必是短暫的。然則當時間或身體把青春放逐在你的視域之外時，並不意味著青春已逝；它可能只是躲起來了。你必須知道去哪裡尋找。

上X的節目談青春時，她播了那首大家耳熟能詳的《青春小鳥》的變奏曲。頑皮的年輕人不斷用各種方式訴說著：我的青春小鳥一樣不回來，我的小鳥青春一樣不回來，我的回來青春一樣不小鳥……小鳥去哪兒了？青春哪兒去了？回來是打哪兒回來？回哪兒來？

當青春與時間或身體緊密的被連結上，燃燒之後便容易突然陷入一種無底的空虛中，並且往往使人提早揚棄了青春。不是因爲別的，而只是因爲他們一時看不見被時間或身體放逐的青春。

未必短暫的火焰一定最亮。你當然不是從功利或效益的角度來看這件事。而是說，獻身理想與熱情也是學習的過程。沒有人一開始就知道要獻給什麼樣的理想與熱情；雖說，有時年輕的直覺可能是準確的，但卻也容易爲時間或身體所矇騙。

若無法完全燃燒，則火種務必留著；不必爲時間或身體而哀悼青春。雖然選擇自己燃燒的方式並不容易，努力尋找自己燃燒的方式卻是必要的。人生是這麼的長，卻又轉瞬即逝。

你記得有一回帶小女兒到中正紀念堂看國際儀隊表演。你突然想到，那些穿得像小公主一樣的快樂的小女生多半不知道，許多人恐怕一生的高峰就在此了。因爲與外在美麗相關的一切，豈有不轉瞬而逝的？有甚什麼能讓美麗持久，或深刻，或發光，而眞正美麗？你很想找一位小女生提醒她。然而，整個廣場上那麼多歡樂中的少女……你握緊了女兒的小手……

今夜，你就著月光，獨坐在窗前，再一次聆聽那首《憂傷少年之歌》……

……

形容憔悴的月亮
請爲憂傷少年歡展雙頰
讓你溫柔的光芒
今夜指引他們回家

# Why

在上海虹口機場候機室中等上飛機，有點百無聊賴便無意識的看著候機室中的那台電視。好像始終播放著台灣歌手的MTV，但色彩不甚清楚，音效也不太理想。不知是不是自己累了，一首曲子突然收攏了你的注意力。音效本不理想、加上人聲嘈雜，讓你皺起了眉頭才能聽得清楚些。曲子結束後，模糊的螢幕顯示這位歌手名叫Z，曲名叫《Why》。

你容易爲音樂而感動。而且未必需要整首曲子都動人。音樂打動你常常就是因爲幾個音符的轉折；就在那一刻，你相信那必是一首好曲子。你還算冷靜，很少只爲了幾個音符，但有時也會失控。

回台後你買了Z的CD，發覺她是有點長處，品質也算整齊。曲風與時下那些簡單的旋律甚不一樣；音色也不是那種千篇一律的、單薄而乾癟無味的、似乎尚未脫離青春期的女聲；淡淡的R&B色彩也讓甜美不會太直接……。

之後，有個機會見到你的歌手朋友X，你問她Z怎麼樣？她說「還好」。你沒有再追問，你相信她的品味，知道她是對的。再怎麼說，Z還是唱著不怎麼改變的內容：愛情、失去的愛情、得不到的愛情、想像中的愛情。你知道你被Z的歌打動，雖非與音樂本身全無關係，但總免不了有誤會的成分；在似曾相識的剎那，你以爲她有比眞實的她還多的自己。那一刻不知道是爲什麼，是虹口機場？還是你累了？

初次被蕭邦的第二號鋼琴協奏曲打動，是在喬治城沿河那段最像海德堡的地方。那時車窗上慢慢的起了霧……音樂突然出現，彷彿就是爲了你與R所演奏。以往沒有特別注意這首曲子，之後在很多機會再聽到，也覺得似乎少了什麼。即使你最喜歡的那一段，也如幻影般在剎那間來去、難以捉摸。刻意的追懷，反而愈追愈渺遠……少掉的是什麼？就是那個純外緣的、最初的場景吧？

然而，以爲難再追回的，有時候卻又在偶然中又失而復得，且是在完全不同的場景。所以，所謂外緣的東西又很難界定了。

音樂常抗拒追懷，流行歌尤其不能一聽再聽。就像吃甜點一樣，看著好吃，吃了兩口就撐著了，最初的什麼感覺早已了無痕跡。所以你不願常聽你喜歡過的音樂，那樣的話，偶爾，還能隱約隔了好幾重霧似的瞥見最初的剎那。比如，有時在夜深時無意間再次聽到Z的《Why》，曲中數次的問到「why」，還是讓人覺得是柔腸數疊的埋怨；「眞愛只應給那些軟弱無助的女孩」也是說得有點反話的情致。

然而太容易感動卻不是你喜歡的；你並不願是個紙糊的人。所以，你自覺不宜在脆弱的時候聽某些音樂，否則美學的判斷力難保不會突然失守，叫整個人無法抑遏的濫情起來。有回朋友C失戀了，幾個好友帶他去唱KTV，結果反讓他在KTV裡哭泣不止，原來他竟覺得每一首歌都有如在描述他的遭遇。

因此，音樂的喜好遂只好「各人得各人的眼淚」。比如，有些非美國人對美國的「鄉村音樂」一往情深。但美國朋友S聽到「鄉村音樂」必然皺眉頭。曾經問她何以如此，她殘酷的說：「這種白人老土的音樂美國得過了頭，爲什麼還到處流竄？」我知道她的意思。爵士不也很美國？但那些穿著各種花紋的大靴子、學做牛仔的鄉村音樂歌手，有時還眞有種慘不忍睹的自以爲是的情調。但白人眼中的「白人老土」的音樂到了許多非美國人眼中，卻是很動人的上國的音樂。所以說酷不酷、動人不動人確實是說不了很準的。

那麼，有沒有可能擺脫這些外緣的東西而感動呢？你通常不回答這樣的問題。但你確實還是喜歡偶發的感動；有些深沉體悟的時刻，人也是脆弱且不設防的，不是嗎？你還是寧有這樣的時刻。「Why?」因爲那樣你就知道，你還有些流連不去的頑愚的青春。

# IV

## 假如你要到聖多明哥去

逆旅未竟

# 青春舞場與黃色泳衣

什麼東西才能做爲青春的明證？你有一個已不常聯絡的舊識，以往總會在disco遇到，現在你已沒什麼機會去這類場所，但還是聽學生說在這些地方看到他。青春早已不在而仍然流連在青春的場所，你想，他必是在尋找這個已經失去蹤影的關於青春的明證吧。

《消失的一九四二》這部半記錄片，同時述說好幾個匈牙利猶太人在二戰時所受的集中營苦難。其中一名女子在納粹來到前不久，父親才送了她一件黃色泳衣。當時正是中學生的少女，有了自己的泳衣，就如同經過了成年禮，從此進入了少女繽紛的青春世界。但泳衣未穿幾次，納粹已經佔領匈牙利。她遂偷偷將黃色泳衣——她青春的唯一一點記憶——穿在貼身之處，但最終在送進集中營之際，遭發現而強制剝除。

青春原本應該是無休無止的。單車、流行歌、冰淇淋、法文老師、小喇叭手等等，應該都是生命中不變的成分。但黃色泳衣的脫落，剎時把青春的美好剝除殆盡，彷彿一切都未曾發生一般。中年男子則可能已經熱舞了大半輩子。但每次熱舞後的夜裡，總覺得什麼最關鍵的東西又再一次失之交臂。

青春太多與青春太少，都彷彿與青春在最接近的那一刻失之於交臂。瞻之在前忽焉在後的青春，不過咫尺之遙，卻全然無法捉摸。而在一次又一次的試圖確定之際，青春已早已不知去向。此之所以中年的男子會在少年歡樂的場合梭巡不去，在集中營倖存的猶太婦人，思及那件黃色泳衣，便淚如雨下：因爲擁擠的舞場已無所相親，而黃色泳衣也不知流落何處的垃圾桶裡。然而，憾恨與悵惘之中的嘆息與淚光，是否反而是青春更眞切的明證呢？因爲「我是那麼深刻的記得」。他們有如同時伸出了記憶的手，輕輕觸摸無法穿越的透明時空。時空的確是如此透明得有如不曾存在，因爲青春青春曾是那麼強烈的存在於他們左右。

但青春是否曾強烈的存在，似乎唯有在二度呼喚青春時，才會知道。而對青春的二度呼喚，都不外是因爲強烈的意識到青春已然猝逝。因爲你已經突然長大，世界也變成了一個巨大的空洞。因此你想像空洞之前的飽滿……

但沒有了那個空洞，青春是不是也不過就是一件黃色的泳衣？一個曾經去過的舞場？

# 失眠多夢之石

在上海老城閒逛時，突然看到某個攤位上賣著一種多孔的石頭。形狀與質感都很熟悉，但早已忘記出處。你趨前正欲詢問，眼睛已經瞥見石頭旁放著一張說明：「……專治失眠多夢……」你心中一動，不由分說的就買了一塊。

石頭有許多密集的孔，想必夢是從孔中被吸進去的。你問小販使用的方法，小販指了指說明：老祖母的方法，總不外在熱水中浸泡後，輕輕摩擦腳底云云。

回台後，你依說明炮製，炮過水的石頭粗糙但沾點滑膩的表面輕輕刮過腳底時，你閉上眼，感覺那輕微的搔癢的觸感……石頭彷彿是有生命的，它好似企圖從你的腳底吮什麼，你幾乎要相信它真的是失眠多夢的剋星，一隻專門吞噬夢的多孔獸。

在生命中的好幾個時期，你都經歷過一連串彷彿無休無止的失眠且多夢的夜晚。如今雖不知它們隱匿何處，但也不敢說它們什麼時候會突然再回來。如今你不常失眠，但仍多夢。不認眞回首，多半不記得失眠多夢是不堪回首的經驗。但在潛意識中，你知道你不希望它們有朝一日又成群結隊的突然出現。

在那樣的日子裡，夢與失眠有如兩個看似互不相干的共謀者。失眠在你入睡前，促狹的堅持不讓在門外徘徊的夢進來。最後它突地放手時，夢如潮水般湧進來，又讓你毫無招架之力。

起先你是怎麼也不相信這樣的時日也會出現在你嗜睡的生命中，雖然室友早已爲眠與夢所苦。一是南部眷村來的好學生C，俊俏自負如電影明星般，唯獨不敢與夢獨處，每到夜闌才入睡的他必然在夢中痛苦呻吟。他並屢屢叮囑室友，遇他呻吟時，一定要將他叫醒，因他多半又遭紫色的無面人追趕。另一人是香港某神學院來台念書後叛教的，晚上不敢入睡，必須在台大十二宿舍的走廊上來回大步梭巡，直到不支爲止……

到了大三，你也開始了。

在你失眠多夢的季節裡，好不容易入睡後，你總記得是走進了原野，突然夢如獸群般從四面八方而來，並開始環繞著你狂奔。圈子愈縮愈小、愈縮愈緊。夢獸推擠你、揉搓你，觸感如綿羊般柔軟、又如熊般沉重，但表情則有恐龍的不懷好意……夢就這樣蹂躪著你……等你終於準備好應付牠們時，牠們已經變了顏色與形狀。

醒來時，彷彿完全沒有睡過，夢中的一切有如眞實的經驗。久而久之，在回憶時，有時竟分不清眞實與夢的界限了。確鑿萬分的記憶，仔細追索，竟是重複出現的，甚至是相隔時日後又再次銜接不止的夢。

失眠必然多夢，因爲那扇通往夢的國度的門太晚打開。多夢而不失眠你倒是不那麼介意。有些夢你甚至是喜歡的；它們不理你的意願，自顧自的來到，反而讓你爲之沉吟不已。

但這塊石頭能掌控開門的時機嗎？或者它只負責噬夢？它那密集的張開的孔，彷彿有點急切的想要吞噬什麼。你想像握著這塊石頭，平穩而舒緩的不知不覺進入了夢鄉後，夢獸一見你便四散奔逃；在猶未眞切時分，夢已經消失得無影無蹤。

你有點猶豫起來。沒有夢，或不太記得夢的日子，你醒後反而會有點茫然。當然這些時候你多半已不記得失眠而多夢時，你也曾狼狽與枯槁。

那塊石頭上的每一個孔都張得極大……看似無情，卻又彷彿含意深遠，要你做什麼選擇似的……

# 夜半的水晶船

At last, my love has come along; my lonely days are over…天真的歌詞，由滄桑的黑人女聲唱出來，不知道爲什麼讓你想到西雅圖的夜晚。想是那種不太協調的美……你聽著便隨口哼唱時，總是會唱成 At last, my love has gone away 。西雅圖的夜何以會有這種聯想？一時引你尋思起來。

西雅圖之夜你是熟悉的。那時你在客途中，正在華盛頓大學客座講學，頭髮仍然既亂又長惹人非議……

你從美國東岸抵達西雅圖時已是初春。然而，雖說春天了，天空卻仍然灰暗著。華盛頓大學校園已經開滿了櫻花，但大片雪白的櫻花襯著灰色的天空，反而有種莫名的悽楚……朋友告訴你一直要到夏天，陽光才會露臉。西雅圖春天的夜晚，便是因爲這樣的期待而可喜起來。在西雅圖，於是，入夜後你迫不及待的點起一盞黃燈，讓夜來驅逐灰暗的白晝。

但夏天意味著什麼？你確曾仔細想過嗎？比如在別悠潔灣划一葉扁舟、消磨一個下午？或更是一種過度的想望？有如每一個夏天來到之前一樣，都只是一些模糊的蠢動，但卻寄予了厚望，遠超過實際的厚望？應該這樣說，在西雅圖的夜晚，夏天，那個無以名之的夏天對你而言，與爵士樂是無法分開的。

KPLU是個不舍晝夜的爵士樂電台，你特別喜歡夜深時那個口齒不清的DJ。他播的曲子，總是牢牢的牽著西雅圖的夜船往前移動，不會滯留而因此躊躇而有所困頓。這時候，你倒是喜歡往窗外看去，這時候夜空已不再灰暗。但你不能說那些偏cool的爵士曲子雕塑出了平靜的夜空。你往外看到的是滿天不安的渴望，因此，西雅圖的夜晚不是平靜的。那些輕微但深沉的蠢動才是使你忘記了灰暗天空的原因。

終於知道爲什麼西雅圖之夜被認爲是漫長的，多半是因爲那樣的音樂：乍聽平靜得出奇，但細聽則滿載了各種纖小婉轉若有似無欲語還休的情緣……故其實夜漫長得極令人不捨，而或者已不能以「漫長」名之。有如夜船悠遊河上，危檣獨夜不免讓人有些低迴，但卻因爲期待而讓夜愈加誘人，因爲不知何時會有人登船。

渴望是因爲生命中的一個空缺。不知有多大，也可能極微小。有時候你已經忘記，但此刻又若隱若現著。夜船緩緩前行，你探頭出去，遠天有些微弱的星光，近處是山腳下如蓮花盛開的燈光。詩人Y有回帶你到那兒的一家內容繁多、裝潢脫俗的超市，邊瀏覽邊調笑的說：「太平盛世界是不是就這個樣子？」未久，長居國外的他終究回台灣去了。

因爲，太平盛世往往反而更讓人想起那個空缺。有時明確如不確定的愛情、毫無緣由的鄉愁，或一隻遺失的書籤；有時又朦朧不清，只是叫人簡單的渴望著。在黃色桌燈前，綿綿不絕的爵士樂流過之間，灰暗的天空早已染出了複雜的心情——這就是西雅圖之夜。那麼，西雅圖之夜便也是一種 state of mind 了。

夜更深時，你在逐漸滿盈的睡意中試圖更明確的描摩那種 state of mind，想像西雅圖的夜船如何載著愈來愈多的渴望繼續前行……窗外突然有水晶風鈴碰撞的聲音。你推開窗，眼前是一艘通體透明如畫舫般的水晶船，在黑夜中的運河上緩緩漂過，晶瑩剔透如已經成熟飽滿自在無礙的——是愛情嗎？抑是鄉愁？或是兒時藏得太好而終於不知去向的願望——恍如夢中才能得見……你伸出手去，雖近在咫尺，卻總差一點而搆不到……

# 昨日的玫瑰

昨日的玫瑰，遺留在今日的詩篇中。字句之間，隱約的花香彷彿對是否離去仍游移而未定。在游移間，美好的一切已在詩人的筆下鑴刻出了深如齒痕的印記。這樣的企圖是一種不可避免的鄉愁。你是那麼清楚的記得她的一切：她的氣息、她的形狀、她的色澤、她的花與葉所形成的錯落光影……但昨日你與她吻別，今日只剩得了記憶中隨風飄動的一層透明的薄膜，唯有光通過時……從昨日到今日，一切在刹那間已化做鄉愁。

何以鄉愁？因爲與玫瑰接觸的刹那，你知道了美，以及美的脆弱。於是你意識到，美是必須被紀念的。

於是你寫下了《玫瑰的名字》，紀念那短暫的碰觸。你以筆尖與紙面的摩擦，細細的研擬「一切的峰頂」於一朵玫瑰的印記之中。

然則，書竟，你終究不得不承認，你所能紀念的只是一個失敗的符號學者天眞的企圖。不知不覺的，玫瑰的名字變成了玫瑰的家族史；所有過往的玫瑰，都擁擠的聚集在不屬於眾神的廳堂中，甚至所有未來的玫瑰的家族都被完整的預言，在一張薄薄的家族系譜表上，每一朵都顯得削瘦而無力。

馬拉美是這樣說的：當我說「一朵花」，我的聲音便把所有玫瑰的形體都棄置於遺忘的國度，但從中卻有另一種全然不比尋常的花萼誕生……你同意。過往的玫瑰往往只是一種藉口。眞正的玫瑰早在你離開之後，成了遙遠而模糊而瀕臨遺忘的影子。筆下所寫出的玫瑰也確實是無與倫比的，只不過總帶著淡淡的影子，載著依稀卻難以緩解的鄉愁。

但有時候人就漸漸的忘了這抹鄉愁，關於玫瑰，就只剩下了他的解釋。他甚至預言。

但玫瑰需要預言嗎？

最受人矚目的那本《玫瑰的名字》，故事是這樣說的：當威廉快到修院時，迎面撞見了一群修院中的人，正焦急的尋找修道院院長走失的愛馬。對事情原委理應毫無所知的威廉，在眾人不可思議的眼光中，準確的指出馬的去處，甚至準確的說出素無瓜葛的馬的名字。他是多麼輕易的掌握了整個世界的律則。然而，這也就是他的極限了；其餘的就屬於美學的範疇了。

但是美是人生最神祕、也最眞實的核心。人爲之形銷骨立、風露終宵，無非是因爲美的不可捉摸。這麼說來，美學眞正的議題遂不會是一種學問；關於美——

美是無法被預言的。她出現於慌亂中、偶然中、失誤中，且稍縱回首已不知去處。美，因此永遠必須是美麗的錯誤，以及被懷念的錯誤。S以爲你是日裔美國人而試探你。你在維也納回旅店時多走了一條街才轉彎，因而看見幻象般的夜景。米蘭・昆德拉筆下的沙賓娜因爲不愼灑了一滴紅色顏料在社會主義寫實主義的畫布上，而發現了因爲「背叛了一個世界」而誕生的美。

但《死於威尼斯》的作家奧森巴哈則因爲執著於美的追求，而墜入了心中無底的深淵。正如同威廉必須眼看著他所仰慕的圖書館付之一炬。在那一刹那，人的短缺與不足，更證明了美之不爲人的努力所動。人的那種執著不是不令人動容，而是說，對於美的（或是對於人的）狂熱，常會引人傲慢的相信，人是能夠掌握美（或人）的。

如此，則金閣寺之必須在大火中印證自己的美之不能見容於世，或不願見容於世，也許還更符合美的自我認識。她只存在於刹那中，憑誰也無法置一詞。只不過，這樣的印證方式，不免又涉入了另外一種傲慢吧。

若一切都能預言，那麼每一朵玫瑰便都輕如鴻毛。你的眼光不會再爲一朵玫瑰而凝注；你的心不會再因爲尋找一朵玫瑰而意外的跳動。更不會──那雖不是你常希望的──因爲一朵玫瑰的無法尋得而悵惘。

你是否曾爲凋萎的玫瑰哭泣？

昨日的玫瑰已然凋萎，你爲之神傷終夜、無法成眠。但今天的玫瑰又已誕生，在晨光中，她無法解釋，也無從預言。

# 關於流星的誤會

以前看到流星時，總會心中一陣寒顫，無法理解爲什麼有人因看到流星而興奮不止。

小時候，你總以爲那是一顆突然脫離了軌道的星，從此必須在無底洞般的太空中不斷的墜落……無止境的墜落……幸運的話，也許誤入其他星球的引力範圍，而終止這個無止境的墜落。然而，這種「幸運」卻也是最終的滅絕；在一陣火花過後，一切復歸平靜，也復歸了空無。

你爲流星編織了這個動人但完全沒有學理根據的劇本。於是，只要你無意中看到流星，你心中必定油然興起那種深沉的驚悸。你覺得自己的心智完全無法衡量那種遠遠大過人的、以光速及光年爲度量的失速墜落。

你住在鄉下，一直到高中畢業，因此經常有看到流星的機會。中學時通勤到北投上國中，或到台北上高中，必須長程的跋涉：先從山裡的家騎單車到淡水同學家把車寄了，再步行到火車站搭火車。從家裡到淡水的那段路會行經大片田地、荒野及墓園。走這一段時常常是天已漆黑的時分。此時你若突然瞥見流星，難免脊背與腳底同時一股涼意竄遍全身，陡然墜入一種深不見底的荒涼與無常之中……常常你便不由自主的猛踩單車，離開馬路，往穿過墓園且一路上坡的捷徑埋頭騎去……

但掃興的科學把你從那個你在自己心中胡亂挖出的深淵邊緣拉了回來。此後你再看到流星時，雖然還殘留著些許年少時的驚悸，但總不免下意識爲自己過去對流星的誤會感到莞爾。然則，此後你是如何面對那些愈來愈少的荒野？以及愈來愈密的燈光呢？偶爾駕車經過舊時居地卻再也找不到那條穿過墓園的捷徑。你愈發渴望流星，但始終無法相信許願是眞正的原因……

因此，你對獅子座流星雨不免帶著某種救贖般的期待。你望文生義了許久，以爲流星雨來自獅子座。你於是又胡亂想像起來：關於無懼於光年的旅行，關於永不疲憊的執著，關於不可預知的軌道，關於一種來自宇宙深處的呼喚……流星群避開了沿途所有殞石的攻擊，帶來了某種無法揣度的訊息。就在你們的天空上，它們發出最後的火光，然後消失……

想像卻又被輕易的證明是無稽的。你看到了這樣的報導：原來獅子座流星雨與三十三年來訪一次的彗星有關。它走過的痕跡，據說永遠留存著，唯有地球與之交叉的這種時候，可算是某種聊勝於無的擦拭，一種宇宙規模的、看似無心又有所意指的撣拂。然則，雖是彷彿在若有與似無之間，卻驚動了你們這個小小的世界。你們見證了，大批的隕石在覆滅中，履行了它們為了堅守、而可能已駐留地球附近數百年之久的約定——在這一夜被完全點亮。

永遠留下痕跡與完全遭到覆滅；寧默而生或不默而死；無生的天體在運行中是否也有抉擇的可能？若否，誰能？你許久以來已經忘卻的驚悸又陡然出現。今夜，你別無選擇下的選擇是非常清楚的：你確定是等著注目那完全的覆滅所引發的永遠的視覺殘留。

你在夜中悄悄起身，打開窗——黑夜的天空有如被失控的煙火所點亮……一種不知名的節慶在那一剎那為你毫不保留的揮霍著所有的資產：為了一個遠遠大過你的自負的目標，遠遠大過人類的自負的目標，甚至於遠遠大過宇宙本身的自負的目標……你終於明白，你相信會回來而堅持等待的那個關於流星的、不需要澄清的誤會，就是詩的起源。

# 突然，冬天

選舉的宣傳車在街角轉過，聲音才大起來又漸漸遠去。一個不認識、而且大概永遠不會也不需要認識的名字，非常憤慨的才說了兩句話，隨即就像鬼魂般自覺在人世滯留名不正言不順，而心虛的慢慢離開。從廣播中隱約聽到的大約是壓迫、欺騙、覺醒、打拚、團結等的字眼，跟我們的時代一模一樣的嘈雜與喧囂。

你很想看到一個很安靜的人；坐在公園的一角想他自己的事情。這些時日你特地去過一兩次公園；確有些人不說話的坐著，但沒看到什麼人是眞正的安靜著……

你並不是不再相信那些字眼的確意指某些現實，但是在那些過度誠懇、過度激動的聲音與姿勢中，這些字眼所傳達的只留下了一種易於辨認的典型，徒然讓人覺得為之尷尬不已。在長時間的超載下，這些字眼遂變得扁平輕薄如鴻毛，在街角來來去去總不留痕跡。

早晨醒得太早，伸在被窩外的手臂突然覺得涼颼颼的。你披上衣服，往窗外看去，不知怎的市街上有點灰沉沉的，簷角也隱約掛著一絲還不願張揚的風聲。

你想起，就是在這樣的一個早晨，你發現以前常去的一個公園裡頭，野雁已經不知去向。在這樣一個早晨，你曾因爲空氣中的某種乾燥的植物氣息，而忘了在咖啡中放糖。在這樣一個早晨，你曾下意識的走到了儲藏室中檢視汽車的雪鏈……

在這樣的早晨，你變得分外易感；你模糊的意識到有什麼東西正在點滴的改變，也特別無法忍受喧囂。你希望能很安靜的傾聽這種改變、感覺這種改變。因爲，在這種時候，每一秒鐘生命都似乎有新的面貌出現。

但人們似乎對輕微的風聲、對濕度、對草的甘味、對光影的移動、對環境中的細小變異已經無法感知。你必須要對他們大聲說話，對著他們的胃部以下說話，且說出一番龐大但平庸的道理。但你尊重人的複雜，所以你選擇讓自己靜下來，期待別人能因此聽見你細膩的聲音；那不是發自口中聲音，而是一種更接近自然的內在律動，如潮汐、如蟲之蠕動、如草之生長、如雲之變形、如月之圓缺、如放射性物質之逐漸接近半衰期、如銀河之緩緩圍繞著一個不知名的中心旋轉……

安靜是件極不容易的事。因爲這個世界已因喧囂而板平。太多無意義的聲音凝結成了一塊巨大的化石，每個人在其中都分配到了固定的位置，不需要再多做思考，甚至於不需要移動位置，但各種嘈雜的聲音則從耳中永無休止的灌入。

但你不是化石。你掙扎，因此你在噪音之外感受到了季節。季節其實從來不曾突然改變過，人會因季節而受驚只是因爲自己沒有給予注意。但你畢竟還沒有完全靜下來，你仍不免有時受到喧囂的打擾。

宣傳車又從街角轉了過來，又說了一些關於壓迫、欺騙、覺醒、打拚、團結等的話，不一會兒又消失無蹤。

你一時覺得有點恍惚，似乎預知了什麼似的；一陣風突然吹過，你猛轉過身去，正好看到幾株鳳凰樹細小的葉片紛紛隨風斜斜落下，在淡淡的陽光中如一陣金色的雨……

「喧囂的人們哪，你們不知道嗎——冬天已經突然來到。」

# 重遊馬倫巴

這一切都再熟悉不過了。你走過提佛魯諾斯克街的鐘錶店後右轉，再往山坡上走一小段，在水晶飾品店前左轉，就到了切斯洛瓦斯基街，旅館是十七號。

抵達時已經黃昏，路上有吉普賽人販賣著一種稱爲「迷惱逃」的藝品。據他們說這種民間藝品是受到地中海文化的影響的。但確切是什麼影響，小販卻說不出個所以然。你毫不猶豫的認爲迷惱逃顯然是捷克語音譯希臘文「迷那陀」，那隻牛頭人身的獸。迷惱逃是一種鈴鐺狀的耳環。掛在耳上，風一吹起便清脆作響。但特別的是，據說風一吹上了迷惱逃，風向就會隨著鈴聲轉向，慢慢散放出一種駛向遠方（你相信是克里特）的誘惑。

但你此刻深陷在內陸。你應是躊躇在猶太區中。面容嚴肅的哈西迪教派信徒，不苟言笑的在陋巷中交易鑽石。迷惱逃清脆的聲響在此無風的地帶只能若有似無，有如被放逐但又無法再流浪的吉普賽人，儘管咒語已不再靈光，卻總也不服輸的全身掛滿各種魔法的配件。販賣迷惱逃，就像是企圖將一種已逝滅的欲望經由廉售而使之復活。

但你來此內陸是爲了尋找那座夏日莊園的所在。傳說中會浮動的花園、會移動的雕像、會改變方向的迴廊、會呢喃的雨聲……那才是記憶的眞正開始。

觸目所及各種時期的建築互相參差著，多利式、柯林斯式、愛奧尼亞式的柱頭交雜著呈現，在彎曲的巷弄，經由陽光掩映出許多不明的方向。但總不外：有些巷弄通往山上的教堂，有些通往酒窖……走著走著，你已不知不覺處身一座貌似虛構的城堡中，而且你還闖入了某一場原因不明的舞會……

這，會不會就是精神分析學者拉崗發表「鏡像論」之所在？因爲你注意到隨處都是鏡子的暗喻。當鏡子在空間中不斷繁殖，你也無法不在無意間走進了那些似曾相識的異地。在過去與未來之間的模糊地帶，你也隨意繁殖了起來。因而你開始質問鏡像的可信度，卻又無故相信了每一個錯認的自己與妄語的他人……

你絕不能相信鏡子背後有另一個世界，否則，你就走不出去了。你有點遲疑的看著鏡子，但鏡子也無言的看著你。這時你才意識到鏡中坐著的是一個女人。她端莊的坐著，似乎無意有求於你。但那又明明是一種出走的誘惑。她在等待：想要被說服、想要出走、想要迷走……唯獨她能如此以脆弱和猶豫不決，表達她被誘惑的需要。她是那麼脆弱，那麼猶豫不決，似乎她早已被你帶走；她只是還等著被你說服罷了——你這樣想像著。你是那麼堅定的相信，以致你早已被她的脆弱說服。你別無選擇的企圖說服她，你走進鏡中，並且挨著她坐下，但你不知道你也緊鄰著迷那陀坐下了。

她，迷那陀的姊姊，或妹妹；但無論如何她都是迷那陀的至親。

你擁抱她，也同時被迷那陀擁抱……一切都稍縱即逝，不知是否眞的發生過……

你又流落在異地的街頭，彷彿鏡像的迷城從未發生。在街頭彷彿再次看到她：深棕髮、棕眼、黑衣、眉目間確切的氤氳著一種無法預知的未來。但此地居民長像都有點這種意趣，讓你更難以確認看到的必然是她，尤其是在曲折的巷弄間偶一回身時短暫的瞥見……

夜色漸漸降了下來，你不知道什麼時候已來到了車站；你顯然準備搭乘最末班車回布拉格。進車站前，你忍不住回頭再看一眼這個小城，馬倫巴……多年前搭夜車進站的記憶猶新，但你在此地遺留下的就只有走了音的迷那陀。此刻，夜風輕輕吹動了耳邊的迷惱逃，你竟彷彿聽見：「你已到了那裡，即將永遠失落自己，在寂靜的夜裡，單獨，與我。」

# 假如你要到聖多明哥去

你一直在找一個地方，一個你可以安靜的躺下作夢的地方。

但你必須聽得到火車的聲音，那才能讓你眞正安心。旅行的可能就在不遠處，不過你現在要休息……每當你對旅行感到疲憊的時候，你總是想像你趴在什麼人的身邊，聽著火車聲安心的睡去。

因此，在你的想像中，那是個必須乘火車到達的海角小鎭。

國外念書回來，已跑了好些地方，才恍然大悟你一直是以淡水爲想像的藍本。

回想起淡水，你這樣告訴自己，也告訴所有到過與未曾到過淡水的人：

假如你要到聖多明哥去，別忘了帶著那名不相信你愛她的女子前去。你們必須來回在大河上擺渡，以祛除時間逝者如斯帶來的焦慮。你們必須到防空靶場，觀看永遠不會被擊落的靶機。你們必須到淡海的沙丘間盤桓，體會如何共度起伏不定的人生。你們必須沿著重建街的舊米市，一路蜿蜒而上，直到看到那幢舊洋樓牆上那顆二戰時留下的彈孔；曾是傷痕，但如今卻在時間的甬道中發出亮光。最後你們必須登臨「北門鎖鑰」的舊城門上，遠眺那早已駛入歷史的番人之船：叩問是誰仍然記得那船尾濺起的浪花？

淡水，就是這樣隨處都能摭拾到生命的隱喻。

你對淡水最初的印象就已經是你尋找的小鎮。你最初進入淡水南北二路經驗皆有之。

第一次是坐淡水線火車。那是父親調任到淡水的一所小學任校長之前。父親帶著你從萬里經基隆搭火車轉淡水線由南路進淡水。你一路上睡睡醒醒，始終是一種花木扶疏的印象，你於是對淡水線是這樣的記得。

第二次是數週後。這次則是正式從萬里搬家到淡水。你們坐在一輛大卡車上一路沿著北海由東向西，最後從淡水的北部進入。愈近淡水，土地愈呈現一種搶眼的磚紅色的。樹木則不知爲什麼也愈加鮮綠色起來。

最終在淡水住定後，對於漁村長大的你來說，更始終覺得小鎮就是該這樣的。淡水對自己的過去很有一種文化的自信，但同時又有一種初民的質樸。而且，它還有發掘不盡的層次感：南歐的、日本的、台灣北海的、客家的、外省眷村的；往任何一個方向，歷史都會對你招手。

連它的名字也是多層次的。「滬尾」有一種季節的感覺，似乎雨季到此已經快結束。「淡水」則有種透明的色感，望去清澈可見其中的鵝卵石。而「聖多明哥」則兼有季節與顏色。顏色是磚紅色的，季節是明艷的夏日。你因此常用聖多明哥召喚淡水的記憶。

但淡水從不特別企圖張揚自己的一切，總是很悠閒而自在的。以致我竟以爲淡水是可以抗拒時間的。

然而，小鎮畢竟擋不住台灣無限漫延的由商業化帶來的傖俗化。淡水也在七○年代開始急速的改變，讓人來不及記憶……

你因爲念書開始長居台北，變得不常回家，淡水逐漸成了想像中的小鎮。偶爾回去，也覺得道阻且長。並不是因爲交通，而是因爲日漸回不去了。

直到在國外走了一大圈之後，才終於知道淡水並沒有眞的消失，你曾經找到，便已永遠找到。

假如你要到聖多明哥去……那本來就是一個夢中的小鎮……

你很容易就會想起某次回淡水的經驗。那時你心事重重。火車穿過關渡的隧道之後，迎面出現的大河讓你一時以爲火車已經朝河中奔去。但就在此時，它開始大幅度的轉彎，由向西往西北折。夕陽在車廂中製造了光影的不斷變化。車廂中只剩你一人，此時竟有一隻蝶自窗外闖入，在車廂中穿梭竟日而沒有眞正的去意。在那一刻你心中油然升起一種介於寂寞與相知的模糊情緒。

火車繼續往華燈初上的淡水海岸疾駛而去。你望著那些閃爍的燈火，覺得它們既是萬千世代所沉埋其中的墓園，也是無窮未來的年光即將綻開的所在。你閉上眼，又再次睜開，更確切的看到那輝煌的燈火已如你此刻的思緒，千絲萬縷，條條訴說著不同的故事，等待著不同的開展，絲毫不曾因爲朝代的更迭而出現黯淡或猶豫的跡象。

陽光與色彩中的聖多明哥，逝滅與再生的滬之尾，永遠的淡水海岸。

# 遇見百分之百的自己

一如波赫士，你也在查爾斯河坐下。坐定後彷彿覺得身邊還坐了一個人……你轉過頭去，發覺這個人你是認識的，只是不能確定你與他是否只是認識的關係，或者還更親近？難道是因爲你坐的剛好也是波赫士坐過的同一張座椅？旁邊才會也有一個年輕人也面河坐著……

你不忍再一次的窺看；方才的驚鴻一瞥已經足夠。你覺得他青澀，明顯的過於青澀。不只是他混亂而未經鍾鍊的思維必然寫在臉上，他走路或坐姿都可能笨拙異常。但你還是忍不住再看了他一眼——與你想像的不完全一樣。你勉強鬆了一口氣。

這個年輕人看起來有點自負，但自負中又混雜著明顯的茫然。是因爲愛情讓人無措嗎？還是陷入了一個難解的哲學課題？還是，他正在思考他到底是誰？

這眞的是年輕時的自己嗎？遇見年輕時的自己——這樣的遭遇，不就是你在某些關鍵時刻常會有的妄想嗎？你妄想，因爲你希望重新來過。於是，你想告訴他即將發生的一切，讓他因爲能預知而少去許多無謂的煩惱……然而，他的人世還廣大得很，難道就非得長大成爲你嗎？他會不會在他人生的某一點上背叛你？你反倒憂心了起來。一時間似乎有無數多個年輕時的自己在四下徘徊著，等待著你的忠告。你陷入了兩種同時出現的兩難：在改變與不變中的兩難，及在主動改變與被動改變中的兩難。

然而，他若是你，你如何改變他？你若能改變他，他又如何是你？那麼，你到底該如何的認識「自己」？如果現在的你是百分之百的自己，那時候的你也是百分之百的自己嗎？

改變想是不可能的，因爲你幾乎有無限多的存在。你無法一一的改變，也無法一一追蹤他們的改變。更重要的是，一切若能改變而使生活順暢起來，他還會有你今日能回首慨嘆時的睿智嗎？

確認身分也是不可能的，在那麼多個自己當中，你如何確知自己屬於哪一個自己？

你眞的常在路過的人身上突然看到某種熟悉的神情，只不過多半只在刹那間便消失無蹤……你常因此陷入沉思：爲什麼有那麼熟悉的感覺？那當然可能只是一種常見的、屬於媒體社會的複製情感。但會不會——你曾經就是他呢？這麼一來，我們便進入了未知的領域：那是什麼時候的事？什麼地方的事？你與他是活在兩個不同的空間中嗎？爲什麼他像是你所不願見的未來的你？或你所期待的過去的你？

你與他們，或甚至所有的人們，也許都有著一種繁複的關係也未可知。在生命中你們都曾經交錯過，只是未必是在同一個時空。「在某些時空下，你們是敵人；另一些時空下，又可能是朋友。」但更有些時空中，你們竟是同一個人。

誰沒有在別人身上窺看到自己過？一閃而逝，但卻留下無以名之的模糊印記，有如一條隱約的通往其他時空的仄徑。有時你會突的記起，遂不能自抑的試圖沿路摸索走去……

你依約到了那家咖啡廳中，並在窗邊的位置坐下。窗台上的姜森藍天笠葵正燦爛的開放著，有如通往其他神祕時空的眾多入口。你與對面衣著入時的女子，略略微笑致意。你愛上了她，因爲在另一個時空中，她就是你。

# 迷蝶

學生交上來一個盒子，還交代說：裡面有隻蝴蝶……是活的。她還建議把盒子燒了才能完成她的創意。

這是你的歐洲文學史課上的一幕。每學期你都會要學生做一個以創意爲主的讀後感。你深知其實每個學生都有些爲人知或不爲人知的長處，但在學校常被分數那個簡單的標準給掩蓋了。給學生這樣的機會他們通常會很花心思創作，也很容易顯現他們的創意。

這個孩子這樣讀包法利夫人，創意很容易就看出來了。但要你燒那個盒子你卻有些猶豫。倒不是因爲燒東西這件事本身，而是因爲裡頭有隻活的蝴蝶。

你對蝶有種複雜的情感。少時你常去的蝴蝶谷（有多少這種地名都虛無的存在著，但唯獨你所知的那個所在），蝴蝶多得常迎面撲來，全然不畏俗人一般，但也因此不時成爲少時玩伴手中的獵物。孩童喜歡把蝴蝶的翅膀一一卸下，讓她繼續飛翔的可能完全破滅。而你也曾幾度參與。你因此對蝶的脆弱有一種幾近創傷性的認識。迄今你仍試圖了解，人子的殘忍是否是根於天性。但對於他人飛翔的嫉妒，人確是自小有之。尤其是對於優雅無壓迫性因而顯露出脆弱的飛行（不獨蝶，蜻蜓亦然），特別有一種祕密的近乎本能的嫉妒。

嫉妒當然是來自於「迷」。在蝴蝶飛過的那一刹那，整個世界爲之輕輕翻了一個筋斗。誰也沒有注意到，但回過神來時，世界已經翻轉了過來。莊周曉夢迷蝶是否即是因爲那夢中的一個輕輕翻過的筋斗？孩童（或成人）對美的殘虐有時便是不敢相信這種輕易。

但捕蝶人也可能是起因於恐懼的迷。一隻蝴蝶在花叢中飛行時，有如要帶著你回到一切的源頭，因此常引人悄悄追去。但許多蝶同時出現時，那脆弱的人子便慌張了，而只見到蝶翼上的巨大的眼睛；一群來自異世界的眼睛，在上下翻飛之際也彷彿世界即將以另一種方式翻身。

但人子所迷於蝶者，畢竟並不存在。蝶的飛過並非眞的在力學上讓地球翻了身。而是因爲地球本來就沒有眞正的位置；它的輕與重，迴旋與踟躕，都是因爲你。蝶輕盈自在的飛，你無來無由的張望，世界便因此而如夢幻也如泡影般成住壞空。那麼，蝶翼終究是欲望之翼；她們的翅上的紋路，對不同的人張開不同的眼睛。所迷之蝶竟是自己，那隻迷路之蝶。

蝶便像是會飛行的面具，四處翻飛使你心慌，而急於想窺看面具背後——你有很長一段時間不知面具背後其實是你自己的靈魂，更不知你面對自己靈魂時的無措。

下課後回到研究室，打開盒子果然看到裡面除了好幾隻假蝴蝶之外，在一只沒有蓋子的瓶子裡，確有一隻奄奄一息的眞的蝴蝶，偶爾輕輕撲動一下翅膀。這麼多年來，再一次有一隻蝶的生命掌握在你手中。你想起小時候那些殘虐的時刻，不由得輕輕觸摸你胸上那枚不懼俗眼鎮日戴著的、一只小指指尖大的紫色蝴蝶垂飾；那正是爲了紀念少時的創傷，爲了見證脆弱與美麗同在的蝶之迷，以及一切接近極致之美共有的迷。

你把瓶子拿出來，瓶口對著天空，輕輕搖晃。她從瓶中掙扎了一會兒，突然衝出瓶口竟跌落在你手中。你正猶豫的時候，她忽地已然飛走……你在窗前，佇立許久，早已忘記在等待什麼。

# 擱淺的畫舫

汐止山中的一個小湖中竟停著一艘畫舫。這樣的畫面對於周末登山的你們是有點意外：一個偏僻的山中小湖出現這樣一座畫舫，而且湖太小，畫舫太大。不過起先你們還是覺得挺新鮮有趣。走近後，畫舫看起來有點殘敗，艷麗中的殘敗在細雨中顯得特別刺眼，凝固在墨綠色的湖水中又有點陰森。你們覺得有點說不出的不自在。你想到一種台灣常見的可能——難道是有人把啤酒屋開到這上面來，發覺無利可圖後又棄之而去？留下被戲弄了的湖水承載著這個已無利用價值的結構體。

你們沿著湖邊想走一圈時，發現湖邊的一個角落半躺著一位老先生。一問之下，才知道這是電視公司的道具，拍聊齋用的。最近因雨停拍，而這位老先生便是睡在湖邊看守這些道具。在細雨中，老先生隨便蓋了一張藍色的塑膠紙在身上，不知是在休息或是因起居時間不同而仍未起床。旁邊堆了一些簡單的細軟，上頭也草草蓋了張透明塑膠紙。問他何以在此，他用一種沒有情緒的聲音簡單的回答：也沒有其他地方可以去。

聽他的口音，知道是異鄉來的，你們遂多事的問起他身世。

他是因爲抓兵被迫來到台灣。因爲痛恨軍旅生活，故來台不久便覷了個空逃了兵。原以爲從此便海闊天空，會有好點的日子過。沒想到生活的網罟反而縮得更緊，而且一日比一日緊。逃了兵以後，沒有身分，就沒有正式工作，但一開始仗著年輕力壯，還可以維持著，年紀愈大愈覺吃力。然而，身邊的台北卻不饒人的改變著，漸漸把他似乎甩到了另外一個時空裡去，獨自在那兒過著別人想都想不到的日子。這麼多年下來，他早已忘記什麼是曾經想像過的「好日子」。

人生反正也只剩了一場爛仗。最後，他丟下這句話，便不再言語，似乎這已是結論。眼神中流露出一種不再知道倦怠是什麼的倦怠。

你忍不住很無趣的追問他，一個人睡這裡難道不害怕嗎？他說：反正不再作夢，也就沒什麼好怕的了。

你們正咀嚼這句話時，他突然喃喃的說：「有時候還是會想起麥田，收成時節吹過麥穗上的風，黃昏時候麥子發出一種光……」你要仔細再往下聽時，尾音已經淡了下去，然後不復再有聲音，好似剛才那幾句話不是從他口中說出的。他的眼神又回復了方才的空茫。

他如今早已忘記什麼是曾經想像過的「好日子」。一個遊魂般沒有了自己的時空的人，與身邊的世界完全絕了緣似的。世界之於他正如同那畫舫般，即使已經殘敗，也沒有他登船的份。雙方就只是日夜的相對著；同在這麼一個小小的空間裡，但各不相干。

倒是，他會不會也有過一個關於畫舫的夢呢？那個在麥田中奔跑的小孩，他心中是如何想像自己的未來？他是不是一度也曾像個詩人一樣，在麥田中看到了某種異象？一種以爲是未來的可能、卻再也無緣看到的異象？

每個人理應都想像過自己的人生吧。但那種想像不論具體與否，常會因爲一個偶然的事件而完全改變……想像自己是詩人的人變成了旅館的門房；想像自己是短跑選手的卻成了教授。但誰會預料到自己最後會在一個墨綠色湖水的小湖邊，看守殘敗的畫舫？

在擁擠的湖中，畫舫彷彿受困在其中，彷彿已不再記得自己的身世或最初的願望。異鄉獨客的老先生與之如此朝夕相對，也不知能再有多久。

從山頂的小湖回到平地，整個週末心中老是惦記著那座畫舫，不知是因爲意象的對比太強烈而難以釋懷，或者，反而是因爲知道在忙亂的都會生活中，許多事恐怕轉眼就會忘記。

# 離開一座城市

離開一座城市——誰會因爲沒有詩了而離開一座城市？必然是因爲曾經長住吧？詩一度與你似已緣盡情了。你偶然還讀詩，但心中總有些不踏實，因爲自發的詩情似已經不知所之。你覺得是你在都會中生活了太久，與人接觸得太頻繁。你離開台北。然而行前V說會寫信給你。

在夏天的末杪，你來到了新英格蘭的一個濱湖的小鎮。你有點下意識的想避開台北的一切。看看沒有台北你是否也能過得很好，或過得更好。朋友的來信沒有回，甚至在美的友人沾上台北的，也未刻意聯絡。你相信你眞正離開了台北。直到有一日收到V的信。握著信在雪地中走了許久，不願拆開。因爲你知道那是V新寫的詩。如若拆開，一切就會恍似昨日，恍似昨日你們才一起行過那片松林，地上有松針厚如細雪，拂面是漿果與獸的氣息，微光間歇穿過黝黑，且腳步是無聲的……

你終於打開V的信，不能自已的讀完信中的詩……雪不知道什麼時候停了，風很輕很微。肩上的細雪輕輕隨風挪動的時候，它精細的構造如此的清晰可見：一如童年被耶誕卡圍繞著的關於雪的想像，一如讀V的詩一般，一如V的詩讀人世一般。你佇立在暮色已低雪色已滿的曠野中，腦中翻騰著不斷湧現的詩句……你既已久不爲詩，爲什麼還這麼容易被詩打動？暮色已然全面覆蓋了下來，雪色卻又製造了一種有點隱晦的光……

你試圖在腦中溫習自己曾寫過的詩，但你記得不多。你些微著急了——設使積雪的窗外此刻飄過一朵蒲公英，誰能在瞬間捕捉到它呢？在雪花堆滿的窗前，在V的詩來到之後的深冬，你幾度如此有點些微著急的想；何以如此？因爲，在那一刻只有你看到，那麼獨特的一刻竟給了你，而你竟有些無措……

你在孤獨中，熱切的想起那個你覺得已經沒有詩、也使你不再寫詩的城市。你願意相信，當冬天結束之前，你就能循著V的詩在雪地中留下的足跡，找到這個城市中仍然翻騰著詩句的心、仍然溫熱顫動的心。

你對台北是誤解了嗎？但你怎會不知道詩是美麗的謊言？詩的動人並不是因爲記錄了那獨一無二的一刻，而是詩「哄騙」了你，讓你相信詩中所攫住的那一刻是獨一無二的。然而那一刻只是個起點，之後詩就悄然走遠了，但你卻不忘試圖緊緊跟隨，於是你們相偕來到了那個烏有之地，相信確然有之。之後，你遂忘記此事。等再讀到詩，你復又記得……

V的詩讓你動容，但你仍然對台北的詩情猶豫著。這與你記憶中的台北是不同的。但詩卻又明明白白的從那兒來到。

一年後，你有點猶豫的回到台北，自此每天又在城市的嘈雜紊亂中遊走，有點消沉。然而，有一天你意外的發現仍有一個微弱的聲音並未被淹沒，如水晶在遠方無心的碰撞，如夜空中有人撒下星塵。因爲你又讀到了這樣的句子……「這個城市在夜深時／仍有未打烊的小酒館／你很少去，只是想著它們／便因爲那些寂寞的地址／看見野地中拉起了螢火……」

又是歲暮時分，你終究不再怯於讀V的詩。詩中的台北與實際生活中的台北，終於開始和解。你重又笨拙如初學般開始寫詩，但這一切不獨因爲V的詩，更因你曾在雪地中佇立良久，知道在雪的底下，一切一如往昔：

十二歲那年，
獨自走入曠野
星間迷路。

# 一個乾淨明亮的地方

〈一個乾淨明亮的地方〉是海明威的一篇極短的短篇小說，故事只是簡單的提到失眠，提到一個乾淨而明亮的咖啡店，提到 nada 和 nothing 。而最重要的是若有一個 clean, well-lighted place 在深沉的夜裡接納你，似乎一切（失眠和 nada 和 nothing）都還能熬得過去。

第一次關於那個地方的印象是在半睡眠狀態中看到。火車在一個安靜得出奇的小站停了下來。門緩緩的打開：夜已初始的時分，看出去其實並不是那種很光亮的所在。但光的亮度正好適中，看得出月台乾淨得像洗過似的，樹叢也修剪得極爲細緻，在燈光（或月光）中，樹影分明的映在雪白的月台邊的欄杆上。從開著的火車門傳進來陣陣的蟲聲與蛙鳴，還有緩緩在滲入的一種涼意……

車好像很久沒有移動，好像在等待什麼發生……好像並不是眞的會有人要在此下車……好像那只是一種誘惑……一種對你內心的渴望的呼喚。好似說，若是在那時候下車，你就走進了另一個世界……你偏過頭……又睡了去。

那時你小學剛畢業，對人生仍毫無經驗，但小站的襯著黑暗的潔淨與明亮，雖只有那短暫的一刻，卻在你腦中維持著一種半夢似醒的記憶。彷彿你竟預知這景象在未來對你會是有意義的。

高一的時候讀過海明威的小說後，那記憶立時就在腦中翻譯成了 a clean, well-lighted place。你發覺，關於人生，有些事情早就知道了，比如說海明威那種倦怠感。你是那麼自以爲是的把自己與海明威類比起來。好像只要有一天，你眞正想通了或什麼的，你就可以在黃昏之後坐淡水線到小站，車門一開，你只要跨出去。

待你讀過佛洛斯特的〈雪夜林畔偶駐〉，你又覺得車站的記憶也像是在雪夜林畔望向樹林時的感覺。你在新英格蘭的那年，有機會在雪夜的夜中起身，走到湖邊，望向對岸的樹林。在夜深時分的雪光中，對岸的樹林分外有種無法穿透的黑，肌膚此時的想像卻是有些溫熱的。

但在白日經過時，那並不是個非得迷人不可的小站。老遠可以看到小孩在田間的小池塘中戲水，偶爾有飛過的白鷺絲。你不會馬上聯想起晚間的印象，似是無關的兩個地方。不常坐火車後，記憶又變得更加渺遠。

只有在偶然的情況下，才會想起。比如許多年後，那時小站旁已經蓋滿了房子，你接到了在服役的Y來信，說起軍中的寂寥與無趣，這才突地想起那個小站——石牌，在夜光中……蟲聲與夜氣一起悄悄流進了車廂內……你站起身來……

又過了些年後漸漸只有在夜半，這份記憶才會躡手躡腳接近你。多半是在你偶爾夜深後去某個小酒館的時候。在昏暗的燈光中，你總有那麼一刻會陡然想起海明威的這篇小說，然而，爲什麼燈光明亮是重要的？你不免在心中忖思。

明亮是爲了抗拒室外無邊的黑暗逐漸靠攏？但，是不是有時候那塊潔淨的明亮卻更是爲了讓你感覺黑暗是那麼的迫近？看似是黑暗中一塊頑強的光亮，但卻又是充滿了黑暗的誘惑的邊城，使你像雪夜林畔偶駐時一般屏息以待起來？

那麼，海明威是在尋找抗拒黑暗的堡壘，或是通往黑暗的密道？或竟是同一回事？你在少年時代也常有被 nada 追逐甚至侵襲的感覺，但如今路開始不再明顯的是直線了，也好似不需要再趕路了，你靜下來了嗎？偶爾坐火車錯車時覺得對方速度奇快，猛然回頭看看自己，才發覺自己也未曾稍有歇息；雖不再埋頭往前卻或許更像在繞圈子吧。A clean, well-lighted place 還是，或更是，在心中散發著曖昧的黑暗之光也說不定。

# 今天，沒有緣由

今天，沒有緣由突然感到孤獨。

但樹葉都悠閒的倚在枝梢，風微得沒有感傷的摺皺，陽光竟也是恬靜而無重量的。你不知道心頭何以如此。

你對這個城市有所抱怨嗎？偶爾搭乘公車，覺得它明亮得出奇。前兩日上海來開會的朋友也說，怎麼台北空氣變得這麼好？他也許誇張了些，但你知道孤獨跟這個城市無關。

你想起那些下水道有浮屍漂過的城市，那些垃圾來不及清理的城市，那些人們常常爭吵的城市。難道是因爲這類記憶嗎？那些記憶復又翻新了自己，而使你心頭氤出了一塊不清楚的顏色？

你想起那些遠方的閃電始終不斷的地域，那些大雨終年的地域，那些午後寂靜如焚的地域。是這些更屬天候的因素嗎？它們只不過是把你心頭的濕度計或音量計悄悄的移動了刻度，你就異樣起來？

是早上讀過的報紙嗎？兇殺火災車禍都如常發生，並無特殊之處。

你努力尋思，是否有隔夜仍無解的問題，或是幾刻鐘前是否腦中曾閃現早已湮滅的過往的悵憾？因爲又讀到國族的議題嗎？而使你在那一刹那又想起，在華沙的諾瓦斯維雅特街，你以爲愛沙尼亞來的女人爽約了，因爲你們爲了國族的議題有了爭辯。或因爲你讀到教宗的新聞？讓你想起在聖．狄惜葉的略微破敗的莊園裡，你驚詫於I問起，你們以後的小孩信天主教對吧？你一時爲之語塞。你沒有回答，並且再也沒有回答。

或者是因爲黃昏的天色？在倫敦希臘街與南罕普頓街路口的 Cafe Boheme，有人唱著《Mad about the DJ》這首歌。歌詞一再的重覆做爲標題的那句詞「討厭那DJ」。那首歌顯然是爲你而作：因爲你是那麼的妒恨那些過於聰明伶俐的DJ。他們總設法讓某一首歌擊中你心中的痛處，但卻又撇一撇嘴角，彷彿事不關己一般。那時北國八點才剛屆黃昏的時刻，你抬起頭發覺眼前的街景，宛如某種光線經過風格化後的照像寫實主義的作品，你當時的徬徨被定格並且永遠鑲嵌在裡面。那時你心中想著那回你到香港去，在怡和洋行工作的N已到中國北方去出差，似乎並未忘情於彼地的情人。你借住她淺水灣的宿舍，有上海阿媽服侍，望出去就是美麗的維多利亞港，但心中滿是缺憾。你終於來到她一再提到的 Cafe Boheme 時，她卻已不知去向。

似乎可能與這些都有關，但又並非具體的牽連著。你覺得你此刻的情緒必然緣自很細瑣很不值一提的個人原因，但又甚是莫名。徬徨終日之後，一轉身你終於較明確的抓住了莫名的核心。那不過是今早你無意間瞥到的一張書中的一張照片，裡面是巴黎一個公園的小徑上的一張空蕩蕩的長椅。「你們不顧路人的眼光在長椅上忘情的擁吻。在人生中一段很偶然的時光中，你曾眞正的活過……」那並不是你親身的經歷吧？你只是聽過一首這樣的歌。

但你仍清清楚楚的記得，到那公園去的路上會經過一條小街，街口有家店名叫「Il etait une fois」，中譯應該是「從前從前」吧？

# 河岸留言

## ——二十年後

在「河岸留言」的演出結束後，你猶自徘徊了一陣子。你一直覺得似在恍惚中見著了十七歲的自己。不只是因爲當晚念了詩，也是因爲當晚還唱了歌，更因爲胡德夫也同在台上——因爲你們先後都曾在淡水河岸留言。

重回演唱機緣偶然得出奇。在 **dear R** 的夢中婚禮，你爲他念完他的〈夢中婚禮〉之後，許景純臨時邀你在她的即興演唱中，把〈夢中婚禮〉穿插著再念一回。但在念詩的空檔中，你聽著歌聲，胸中竟猝不及防的燒起一股想要歌唱的強大欲望，並且毫不猶豫的破繭而出，與許景純的即興自以爲是的搭配起來……那時你和許景純還並不認識，你這樣毫無預警甚至失禮的即興，想是讓她以及大多數賓客（甚至包括與你自己）都嚇了一跳。唱完後，你想起自己穿著西裝，覺得與方才那一幕忽地與自己毫不相干似的。但你已經意外的在那段無來由的即興中找到了回到十七歲的路。

十七歲眞的那麼重要嗎？

在十七歲的時候，你正進入迷詩的顚狂狀態，正奮不顧身的追逐無法捉摸的詩，及更多無法捉摸的東西。同時你剛開始玩吉他、學唱洋歌，也是在那時候你第一次聽到胡德夫演唱。在中山北路的哥倫比亞推廣中心發現胡德夫時，他立時成了你的典範，雖然當時你們看來是那麼的不一樣。然而，後來你發覺你們相像的地方遠多於你的揣想。比如，他也念過台大外文系，並與你共有關於淡水河岸的記憶。而且，在淡水河岸，你們都曾留言；在春泥上用雨水細細寫下，穿過河上的霧對河口的燈塔大聲唱出：爲了一個更××的未來。在日後你認識的胡德夫身上，你確認他曾如此留言。

但那時你們都唱洋歌，洋歌也都在你們身上留下了深沉的印記。那段時光正是青春閃爍之時，而且是七〇年代。但是，雖唱著洋歌，卻也都是爲了一個更××的未來；在那個年代，那似乎是唯一的路徑。許多年後，你們都從洋歌回到中文歌。同時也都走到了更遠更岔的路上去，並且全無悔意。而胡德夫又走得比你還遠。

那晚，在「河岸留言」再次聽到他演唱時，他的聲音依然渾厚，但增加了更多細細的龜裂。最後他唱著夏宇送給他的那首詩「在我不知如何是好的夏天，他說，他走一走就走到了海邊」時，你幾度激動得要衝上台去，歌聲也已到了舌尖，卻都因人群層層擋住而作罷。其實你坐在第二排，不過幾步路就可以回到從前，但時光卻是座透明的牆。你並不意外，在河岸，你們早已認識了脆弱與無常；唯有時間是永恆的，因爲它永遠以無法預知的方式在改變。

Oh, my, what a shame...你們在年輕時都唱過愛過的歌。那天他剛從山地災區重建的工作回來，與孩子們唱了一整天的歌，聲音已經嘶啞，但仍應你的要求又唱了一遍這首歌。啊，七〇年代，你們都還不知道戰爭是什麼（雖然遠方早有戰爭），而你甚至連愛情也還一無所知（雖然愛情的謠言早已在風中傳遞）。那樣的時候，你們竟能一遍又一遍的唱這首歌，戰爭與愛情……難道音樂已然告知你一切人世的顚沛與離散？

你從唱合唱團到自己獨自演唱到漸漸脫離舞台，也已若干時日。如今，你復又在「河岸留言」出現，似乎有一種對歲月示威的意味。夏宇在演出結束的時候，當著觀眾對你玩笑的說：「什麼時候不做系主任了，一定要幫你寫張唱片。」她聽起來也像是在對歲月示。剛回台灣時，就有人對你說過類似的話，甚至唱片公司都與你接觸了，就因爲你抗拒打歌作罷。這麼多年後，再聽到這種話時，不免心中一震。倒並不是因爲你沒有出唱片或什麼的；而是，在二十七歲的時候，你對於十七歲時在河岸的留語，仍然記得那麼清楚。那時候你一心只想做個遊唱詩人，並憧憬著更××的未來……你於是那麼誠懇的相信起夏宇的話。

但你相信的不是你能再做什麼，而是，在你的生命中，有些東西必然是不死的。你來、你看、你留言，而且你相信。

那晚，你在河岸留言，爲了在下一個二十年，你仍是你。

# 文·學·叢·書

劃撥帳號： 19000691　成陽出版股份有限公司　掛號另加 20 元
本書目所列定價如與版權頁有異，以各書版權頁定價為準

| | | | |
|---|---|---|---|
| 1. | 吹薩克斯風的革命者 | 楊　照著 | 260 元 |
| 2. | 魔術時刻 | 蘇偉貞著 | 220 元 |
| 3. | 尋找上海 | 王安憶著 | 220 元 |
| 4. | 蟬 | 林懷民著 | 220 元 |
| 5. | 鳥人一族 | 張國立著 | 200 元 |
| 6. | 蘑菇七種 | 張　煒著 | 240 元 |
| 7. | 鞍與筆的影子 | 張承志著 | 280 元 |
| 8. | 悠悠家園 | 韓·黃晳暎著／陳寧寧譯 | 450 元 |
| 9. | 想我眷村的兄弟們 | 朱天心著 | 220 元 |
| 10. | 古都 | 朱天心著 | 240 元 |
| 11. | 藤纏樹 | 藍博洲著 | 460 元 |
| 12. | 龔鵬程四十自述 | 龔鵬程著 | 300 元 |
| 13. | 魚和牠的自行車 | 陳丹燕著 | 220 元 |
| 14. | 椿哥 | 平　路著 | 150 元 |
| 15. | 何日君再來 | 平　路著 | 240 元 |
| 16. | 唐諾推理小說導讀選 I | 唐　諾著 | 240 元 |
| 17. | 唐諾推理小說導讀選 II | 唐　諾著 | 260 元 |
| 18. | 我的Ｎ種生活 | 葛紅兵著 | 240 元 |
| 19. | 普世戀歌 | 宋澤萊著 | 260 元 |
| 20. | 紐約眼 | 劉大任著 | 260 元 |
| 21. | 小說家的 13 堂課 | 王安憶著 | 280 元 |
| 22. | 憂鬱的田園 | 曹文軒著 | 200 元 |
| 23. | 王考 | 童偉格著 | 200 元 |
| 24. | 藍眼睛 | 林文義著 | 280 元 |
| 25. | 遠河遠山 | 張　煒著 | 200 元 |
| 26. | 迷蝶 | 廖咸浩著 | 260 元 |
| 27. | 美麗新世紀 | 廖咸浩著 | 220 元 |

## 朱西甯 作品集

1. 鐵漿 240元
2. 八二三注 800元

## 王安憶 作品集

1. 米尼 220元

以下陸續出版

2. 海上繁華夢 280元
3. 流逝 260元
4. 閣樓 220元
5. 冷土 260元
6. 傷心太平洋 220元
7. 崗上的世紀 280元

## 楊 照 作品集

1. 為了詩 200元
2. 我的二十一世紀 220元

以下陸續出版

3. 楊照書鋪
4. 政經書簡
5. 大愛
6. 軍旅札記
7. 給女兒的十二封信
8. 迷路的詩
9. Café Monday
10. 黯魂
11. 中國經濟史
12. 中國人物史
13. 中國日常生活

## 成英姝 作品集

1. 恐怖偶像劇 220元
2. 魔術奇花 240元

迷蝶

| | |
|---|---|
| 作　　者 | 廖咸浩 |
| 發 行 人 | 張書銘 |
| 社　　長 | 初安民 |
| 責任編輯 | 黃筱威 |
| 校　　對 | 辜輝龍　黃筱威　廖咸浩 |
| 出　　版 | **INK** 印刻出版有限公司<br>台北縣中和市中正路 800 號 13 樓之 3<br>電話：02-22281626<br>傳真：02-22281598<br>e-mail ：ink.book@msa.hinet.net |
| 法律顧問 | 漢全國際法律事務所<br>林春金律師 |
| 總 經 銷 | 成陽出版股份有限公司<br>訂購電話：02-26688242<br>訂購傳真：02-26688743<br>http ：//www.sudu.cc |
| 郵政劃撥 | 19000691　成陽出版股份有限公司 |
| 印　　刷 | 海王印刷事業股份有限公司 |
| 出版日期 | 2003 年 3 月　初版 |
| 定　　價 | 260 元 |

ISBN 986-7810-42-2

國家圖書館出版品預行編目資料

迷蝶／廖咸浩著. --初版，--臺北縣中和市
: INK印刻，2003〔民92〕
面；　公分

ISBN 986-7810-42-2(平裝)

855　　　　92004107